Nord Et Midi

Alphonse Daudet

© 2023 Culturea Editions
Texte et illustration de couverture : © domaine public
Edition : Culturea (Hérault, 34)
Contact : infos@culturea.fr
Retrouvez notre catalogue sur http://culturea.fr
Imprimé en Allemagne par Books on Demand
Design typographique : Derek Murphy
Layout : Reedsy (https://reedsy.com/)
ISBN : 9791041817597
Dépôt légal : Juin 2023
Tous droits réservés pour tous pays

Nord Et Midi

Entre le président Le Quesnoy et son gendre, il n'y avait jamais eu grande sympathie. Le temps, les rapports fréquents, les liens de parenté n'étaient pas parvenus à diminuer l'écart de ces deux natures, à vaincre le froid intimidant qu'éprouvait le Méridional devant ce grand silencieux à tête hautaine et pâle dont le regard bleugris, le regard de Rosalie moins la tendresse et l'indulgence, s'abaissait sur sa verve pour la geler. Numa, flottant et mobile, toujours débordé par sa parole, à la fois ardent et compliqué, se révoltait contre la logique, la droiture, la rigidité de son beaupère; et tout en lui enviant ses qualités, les mettait sur le compte de la froideur de l'homme du Nord, de l'extrême Nord que lui représentait le président.

Après, il y a l'ours blanc... Puis, plus rien, le pôle et la mort.

Il le flattait cependant, cherchait à le séduire avec des chatteries adroites, ses amorces à prendre le Gaulois; mais le Gaulois, plus subtil que luimême, ne se laissait pas envelopper. Et lorsqu'on causait politique, le dimanche, dans la salle à manger de la place Royale; lorsque Numa, attendri par la bonne chère, essayait de faire croire au vieux Le Quesnoy qu'en réalité ils étaient bien près de s'entendre voulant tous deux la même chose la liberté; il fallait voir le coup de tête révolté dont le président lui secouait toutes ses mailles.

Ah! mais non, pas la même!

En quatre arguments précis et durs, il rétablissait les distances, démasquait les mots, montrait qu'il ne se laissait pas prendre à leur tartuferie. L'avocat s'en tirait en plaisantant, très vexé au fond, surtout à cause de sa femme qui, sans se mêler jamais de politique, écoutait et regardait. Alors en revenant, le soir, dans leur voiture, il s'efforçait de lui prouver que son père manquait de bon sens. Ah! si ça n'avait pas été pour elle, il l'aurait joliment rembarré. Rosalie, pour ne pas l'irriter, évitait de prendre parti:

Oui, c'est malheureux... vous ne vous entendez pas... Mais tout bas elle donnait raison au président.

Avec l'arrivée de Roumestan au ministère, le froid entre les deux hommes s'était accentué. M. Le Quesnoy refusait de se montrer aux réceptions de la rue de Grenelle, et s'en expliqua très nettement avec sa fille:

Dis-le bien à ton mari... qu'il continue à venir chez moi et le plus souvent possible, j'en serai très heureux; mais on ne me verra jamais au ministère. Je sais ce que ces gens-là nous préparent je ne veux pas avoir l'apparence d'un complice.

Du reste, la situation était sauvegardée aux yeux du monde par ce deuil de coeur qui murait les Le Quesnoy chez eux depuis si longtemps. Le ministre de l'Instruction publique eût été probablement très gêné de sentir dans ses salons ce vigoureux contradicteur devant lequel il restait un petit garçon; il affecta cependant de paraître blessé de cette décision, s'en fit une attitude, chose toujours très précieuse à un comédien, et un prétexte pour ne plus venir que fort inexactement aux dîners du dimanche, invoquant une de ces mille excuses, commissions, réunions, banquets obligatoires, qui donnent aux maris de la politique une si vaste liberté.

Rosalie, au contraire, ne manquait pas un dimanche, arrivait de bonne heure l'après-midi, heureuse de retremper dans l'intérieur de ses parents ce goût de la famille que l'existence officielle ne lui laissait guère le loisir de satisfaire. Madame Le Quesnoy encore à vêpres, Hortense à l'église, avec sa mère, ou menée par des amis à quelque matinée musicale, elle était sûre de trouver son père dans sa bibliothèque, une longue pièce tapissée de livres du haut au bas, enfermé avec ces amis muets, ces confidents intellectuels, les seuls dont sa douleur n'eût jamais pris ombrage. Le président ne s'installait pas à lire, inspectait les rayons, s'arrêtait à une belle reliure, et, debout, sans s'en douter, lisait pendant une heure, ne s'apercevant ni du temps ni de la fatigue. Il avait un pâle sourire en voyant entrer sa fille aînée. Quelques mots échangés, car ils n'étaient bavards ni l'un ni l'autre, elle passait, elle aussi, la revue de ses auteurs aimés, choisissait, feuilletait près de lui sous le jour un peu assombri d'une grande cour du Marais où tombaient en lourdes notes, dans la tranquillité du dimanche aux quartiers commerçants, les sonneries des vêpres voisines. Parfois il lui donnait un livre entr'ouvert:

Lis ça... en soulignant avec l'ongle; et, quand elle avait lu:

C'est beau, n'est-ce pas?...

Pas de plus grand plaisir pour cette jeune femme, à qui la vie offrait ce qu'elle peut donner de brillant et de luxueux, que cette heure auprès de ce père âgé et triste, envers lequel son adoration filiale se doublait d'attaches intimes tout intellectuelles.

Elle lui devait sa rectitude de pensée, ce sentiment de justice qui la faisait si vaillante, aussi son goût artistique, l'amour de la peinture et des beaux vers; car chez Le Quesnoy le tripotage continu du code n'avait pas ossifié l'homme. Sa mère, Rosalie l'aimait, la vénérait, non sans un peu de révolte contre une nature trop simple, trop molle, annihilée dans sa propre maison et que la douleur, qui élève certaines âmes, avait courbée à terre aux plus vulgaires préoccupations féminines, la piété pratiquante, le ménage en petits détails. Plus jeune que son mari, elle paraissait l'aînée, avec sa conversation bonne femme, qui, vieillie et attristée comme elle, cherchait des coins chauds de souvenir, des rappels de son enfance dans un domaine ensoleillé du Midi. Mais l'église la possédait surtout, et, depuis la mort de son fils, elle allait endormir son chagrin dans la fraîcheur silencieuse, le demijour, le demibruit des hautes nefs, comme dans une paix de cloître défendue du grouillement de la vie par les lourdes portes rembourrées, avec cet égoïsme dévot et lâche des désespoirs accoudés aux prieDieu, déliés des soucis et des devoirs.

Rosalie, déjà jeune fille au moment de leur malheur, avait été frappée de la façon différente dont ses parents le subissaient: elle, renonçant à tout, abîmée dans une religion larmoyante, lui, demandant des forces à la tâche accomplie; et sa tendre préférence pour son père lui était venue d'un choix de sa raison. Le mariage, la vie commune avec les exagérations, les mensonges, les démences de son Méridional, lui faisaient trouver encore plus doux l'abri de la bibliothèque silencieuse qui la changeait du garni grandiose, officiel et froid, des ministères.

Au milieu de la calme causerie, on entendait un bruit de porte, un froufrou de soie, Hortense qui rentrait.

 Ah! je savais te trouver là...

Elle n'aimait pas à lire, cellelà. Même les romans l'ennuyaient, jamais assez romanesques pour son exaltation. Au bout de cinq minutes qu'elle était à piétiner, son chapeau sur la tête:

 Ça sent le renfermé, toutes ces paperasses... tu ne trouves pas, Rosalie?... Allons, viens un peu avec moi... Père t'a assez eue. Maintenant, c'est mon tour.

Et elle l'entraînait dans sa chambre, leur chambre, car Rosalie y avait aussi vécu jusqu'à l'âge de vingt ans.

Elle voyait là, dans une heure charmante de causeries, tous les objets qui avaient fait partie d'ellemême, son lit aux rideaux de cretonne, son pupitre, l'étagère, la bibliothèque où il restait un peu de son enfance aux titres des volumes, à la puérilité de mille riens conservés avec amour. Elle retrouvait ses pensées dans tous les coins de cette chambre de jeune fille, plus coquette et ornée que de son temps un tapis par terre, une veilleuse en corolle au plafond, et de petites tables fragiles, à coudre, à écrire, que l'on rencontrait à chaque pas. Plus d'élégance et moins d'ordre, deux ou trois ouvrages commencés, au dos des chaises, le pupitre resté ouvert avec un envolement de papier à devise. Quand on entrait, il y avait toujours une petite minute de déroute.

C'est le vent, disait Hortense en éclatant de rire, il sait que je l'adore, il sera venu voir si j'y étais.

On aura laissé la fenêtre ouverte, répondait Rosalie tranquillement... Comment peuxtu vivre làdedans?... Je suis incapable de penser, moi, quand rien n'est en place.

Elle se levait pour remettre droit un cadre accroché au mur, qui gênait son oeil aussi juste que son esprit.

Eh bien! moi, tout le contraire, ça me monte... Il me semble que je suis en voyage.

Cette différence de natures se retrouvait sur le visage des deux soeurs. Rosalie, régulière, une grande pureté de lignes, des yeux calmes et de couleur changeante comme un flot dont la source est profonde; l'autre, des traits en désordre, d'expression spirituelle sur un teint mat de créole. Le nord et le midi du père et de la mère, deux tempéraments très divers qui s'étaient unis sans se fondre, perpétuant chacun sa race. Et cela malgré la vie commune, l'éducation pareille dans un grand pensionnat où Hortense reprenait, sous les mêmes maîtres, à quelques années de distance, la tradition scolaire qui avait fait de sa soeur une femme sérieuse, attentive, tout à la minute présente, s'absorbant dans ses moindres actes, et la laissait, elle, tourmentée, chimérique, l'esprit inquiet, toujours en rumeur. Quelquefois, la voyant si agitée, Rosalie s'écriait:

Je suis bien heureuse, moi... Je n'ai pas d'imagination.

Moi, je n'ai que ça! disait Hortense; et elle lui rappelait que, au cours de M. Baudouy chargé de leur apprendre le style et le développement de la pensée, ce qu'il appelait pompeusement «sa classe d'imagination», Rosalie n'avait aucun succès, exprimant toutes choses en quelques mots concis, tandis que, avec gros comme ça d'idée, elle noircissait des volumes.

«C'est le seul prix que j'aie jamais eu, le prix d'imagination.»

Elles étaient, malgré tout, tendrement unies, d'une de ces affections de grande à petite soeur, où il entre du filial et du maternel. Rosalie l'emmenait partout avec elle, au bal, chez ses amies, dans ces courses de magasins qui affinent le goût des Parisiennes. Même après leur sortie du pensionnat, elle restait sa petite mère. Et maintenant elle s'occupait de la marier, de lui trouver le compagnon tranquille et sûr, indispensable à cette tête folle, le bras solide dont il fallait équilibrer ses élans. Méjean était tout indiqué; mais

Hortense, qui d'abord n'avait pas dit non, montrait subitement une antipathie évidente. Elles s'en expliquèrent au lendemain de cette soirée ministérielle où Rosalie avait surpris l'émotion, le trouble de sa soeur.

Oh! il est bon, je l'aime bien, disait Hortense... C'est un ami loyal comme on voudrait en sentir auprès de soi toute sa vie... Mais ce n'est pas le mari qu'il me faut.

Pourquoi?

Tu vas rire... Il ne parle pas assez à mon imagination, voilà!... Le mariage avec lui, ça me fait l'effet d'une maison bourgeoise et rectangulaire au bout d'une allée droite comme un i. Et tu sais que j'aime autre chose, l'imprévue, les surprises...

Qui alors? M. de Lappara?...

Merci! pour qu'il me préfère son tailleur.

M. de Rochemaure?

Le paperassier modèle... moi qui ai le papier en horreur.

Et l'inquiétude de Rosalie la pressant, voulant savoir, l'interrogeant de tout près: «Ce que je voudrais, dit la jeune fille, pendant que montait une flamme légère, comme d'un feu de paille, à la pâleur de son teint, ce que je voudrais...» puis, la voix changée, avec une expression comique:

Je voudrais épouser Bompard; oui, Bompard, voilà le mari de mes rêves... Au moins, il a de l'imagination, celuilà, des ressources contre la monotonie.

Elle se leva, arpenta la chambre, de cette démarche un peu penchée qui la faisait paraître encore plus grande que sa taille. On ne connaissait pas Bompard. Quelle fierté, quelle dignité d'existence, et logique avec sa folie. «Numa voulait lui donner une place près de lui, il n'a pas voulu. Il a préféré vivre de sa chimère. Et l'on accuse le Midi d'être pratique, industrieux... En voilà un qui fait mentir la légende... tiens! en ce moment, il me racontait cela, au bal, l'autre soir, il fait éclore des oeufs d'autruche... Une couveuse artificielle... Il est sûr de gagner des millions... Il est bien plus heureux que s'il les avait... Mais c'est une féerie perpétuelle que cet hommelà! Qu'on me donne Bompard, je ne veux que Bompard.

Allons, je ne saurai rien encore aujourd'hui...» pensait la grande soeur qui devinait quelque chose de profond sous ces badinages.

Un dimanche, Rosalie trouva en arrivant madame Le Quesnoy qui l'attendait dans l'antichambre et lui dit d'un ton mystère:

Il y a quelqu'un au salon... une dame du Midi.

Tante Portal?

Tu vas voir...

Ce n'était pas Mme Portal, mais une pimpante Provençale dont la révérence rustique s'acheva dans un éclat de rire.

Hortense!

La jupe au ras des souliers plats, le corsage élargi par les plis de tulle du grand fichu, le visage encadré des ondes tombantes de la chevelure que retenait la petite coiffe ornée d'un velours ciselé, brodé de papillons de jais, Hortense ressemblait bien aux «chato» qu'on voit le dimanche coqueter sur la Lice d'Arles ou cheminer deux par deux, les cils baissés, entre les colonnettes du cloître de SaintTrophyme dont la dentelure va bien à ces carnations sarrasines, de l'ivoire d'église où tremble la clarté d'un cierge en plein jour.

Croistu qu'elle est jolie! disait la mère, ravie devant cette personnification vivante du pays de sa jeunesse. Rosalie, au contraire, tressaillit d'une tristesse inconsciente comme si ce costume lui emportait sa soeur au loin, bien loin.

En voilà une fantaisie!... Ça te va bien, mais je t'aime encore mieux en Parisienne... Et qui t'a si bien habillée?

Audiberte Valmajour. Elle sort d'ici.

Comme elle vient souvent, dit Rosalie en passant dans leur chambre pour ôter son chapeau, quelle amitié!... Je vais être jalouse.

Hortense se défendait, un peu gênée. Ça faisait plaisir à leur mère, cette coiffe du Midi dans la maison.

N'estce pas vrai, mère? criatelle d'une pièce à l'autre. Puis cette pauvre fille était si dépaysée dans Paris et si intéressante avec ce dévouement aveugle au génie de son frère.

Oh! du génie... dit la grande soeur en secouant la tête.

Dame! tu as vu, l'autre soir chez vous, quel effet... partout c'est la même chose.

Et comme Rosalie répondait qu'il fallait comprendre à leur vraie valeur ces succès mondains faits d'obligeance, de chic, du caprice d'une soirée:

Enfin, il est à l'Opéra.

La bande de velours s'agitait sur la petite coiffe en révolte, comme si elle eût recouvert vraiment une de ces têtes exaltées dont elle accompagne làbas le fier profil. D'ailleurs, ces Valmajour n'étaient pas des paysans comme d'autres, mais les derniers représentants d'une famille déchue!...

Rosalie, debout devant la haute psyché, se retourna en riant:

Comment tu crois à cette légende?

Mais certes! Ils viennent directement des princes des Baux... les parchemins sont là comme les armes à leur porte rustique. Le jour où ils voudront...

Rosalie frémit. Derrière le paysan joueur de flûtet, il y avait le prince. Avec un prix d'imagination, cela pouvait devenir dangereux.

Rien de tout cela n'est vrai, et elle ne riait plus cette fois, il existe dans la banlieue d'Aps dix familles de ce nom soi disant princier. Ceux qui t'ont dit autre chose ont menti par vanité, par...

Mais c'est Numa, c'est ton mari... L'autre soir, au ministère, il donnait toutes sortes de détails.

Oh! avec lui, tu sais... Il faut mettre au point, comme il dit.

Hortense n'écoutait plus. Elle était rentrée dans le salon, et assise au piano elle entonnait d'une voix éclatante:

Mount' as passa la matinado Mourbieù, Marioun...

C'était, sur un air grave comme du plainchant, une ancienne chanson populaire de Provence que Numa avait apprise à sa belle soeur et qu'il s'amusait à lui entendre chanter avec son accent parisien qui, glissant sur les articulations méridionales, faisait penser à de l'italien prononcé par une Anglaise.

Où astu passé ta matinée, morbleu, Marion? À la fontaine chercher de l'eau, mon Dieu, mon ami. Quel est celui qui te parlait, morbleu, Marion? C'est une de mes camarades, mon Dieu, mon ami.

Les femmes ne portent pas les brayes, morbleu, Marion. C'était sa robe entortillée, mon Dieu, mon ami. Les femmes ne portent pas l'épée, morbleu, Marion. C'est sa quenouille qui pendait, mon Dieu, mon ami.

Les femmes ne portent pas moustache, morbleu, Marion. C'étaient des mûres qu'elle mangeait, mon Dieu, mon ami. Le mois de mai ne porte pas de mûres, morbleu, Marion. C'était une branche de l'automne, mon Dieu, mon ami.

Va m'en chercher une assiettée, morbleu, Marion. Les petits oiseaux les ont toutes mangées, mon Dieu, mon ami. Marion!... je te couperai la tête, morbleu, Marion... Et puis que ferezvous du reste, mon Dieu, mon ami?

Je le jetterai par la fenêtre, morbleu, Marion, Les chiens, les chats en feront fête...

Elle s'interrompit pour lancer avec le geste et l'intonation de Numa, quand il se montait: «Ça, voyezvous, mes infants... C'est bo comme du Shakspeare!...

Oui, un tableau de moeurs, fit Rosalie en s'approchant... Le mari grossier, brutal, la femme féline et menteuse... un vrai ménage du Midi.

Oh! ma fille... dit Mme Le Quesnoy sur un ton de doux reproche, le ton des anciennes querelles passées en habitude. Le tabouret de piano tourna brusquement sur sa vis et mit en face de Rosalie le bonnet de la Provençale indignée.

C'est trop fort... qu'estce qu'il t'a fait, le Midi?... Moi, je l'adore. Je ne le connaissais pas, mais ce voyage que vous m'avez fait faire m'a révélé ma vraie patrie... J'ai beau avoir été baptisée à SaintPaul; je suis de làbas, moi... Une enfant de la placette... Tu sais, maman, un de ces jours nous planterons là ces froids Septentrionaux et nous irons demeurer toutes deux dans notre beau Midi où l'on chante, où l'on danse, le Midi du vent, du soleil, du mirage, de tout ce qui poétise et élargit la vie... C'est là que je voudrais viivre... Ses deux mains agiles retombèrent sur le piano, dispersant la fin de son rêve dans un brouhaha de notes retentissantes.

«Et pas un mot du tambourin, pensait Rosalie, c'est grave!»

Plus grave encore qu'elle ne l'imaginait.

Du jour où Audiberte avait vu la demoiselle accrocher une fleur au tambourin de son frère, à cette minute même s'était levée dans son esprit ambitieux une vision splendide d'avenir, qui n'avait pas été étrangère à leur transplantement. L'accueil que lui fit Hortense lorsqu'elle vint se plaindre à elle, son empressement à courir vers Numa, l'affermissaient dans son espoir encore vague. Et depuis, lentement, sans s'en ouvrir à ses hommes autrement que par des demimots, avec sa duplicité de paysanne presque italienne, en se glissant, en rampant, elle préparait les voies. De la cuisine de la place Royale où elle commençait par attendre timidement dans un coin, au bord d'une chaise, elle se faufilait au salon, s'installait, toujours nette et bien coiffée, à une place de parente pauvre. Hortense en raffolait, la montrait à ses amies comme un joli bibelot rapporté de cette Provence dont elle parlait avec passion. Et l'autre, se faisant plus simple que nature, exagérait ses effarements de sauvage, ses colères à poings fermés contre le ciel boueux de Paris, s'exclamait d'un «Boudiou» très gentil dont elle soignait l'effet comme une ingénue de théâtre. Le président luimême en souriait, de ce boudiou. Et faire sourire le président!...

Mais c'est chez la jeune fille, seule avec elle, qu'elle mettait en jeu toutes ses câlineries. Tout à coup elle s'agenouillait à ses pieds, lui prenait les mains, s'extasiait sur les moindres grâces de sa toilette, la façon de nouer un ruban, de se coiffer, laissant échapper de ces lourds compliments en plein visage qui font plaisir quand même, tellement ils paraissent naïfs et spontanés. Oh! quand la demoiselle était descendue de voiture devant le mas, elle avait cru voir la reine des anges en personne, qu'elle n'en pouvait plus parler de saisissement. Et son frère, pécaïré, en entendant le carrosse qui ramenait la Parisienne crier sur les pierres de la descente, il disait que c'était comme si ces pierres lui tombaient une à une sur le coeur.

Elle en jouait de ce frère, et de ses fiertés, de ses inquiétudes... Des inquiétudes, pourquoi? je vous demande un peu... Depuis la soirée du menistre, on parlait de lui sur tous les journaux, on mettait son portrait partout. Et des invitations dans le faubourg de SaintGermeïn, qu'il n'y pouvait pas suffire. Des duchesses, des comtesses qui lui écrivaient sur des billets à odeur, avec des couronnes à leur papier comme sur les voitures qu'elles envoyaient pour le prendre... Eh bien non, il n'était pas content, le povre!

Tout cela, chuchoté près d'Hortense, lui communiquait un peu de la fièvre et du magnétique vouloir de la paysanne. Alors, sans regarder, elle demandait si Valmajour n'aurait pas, peutêtre, une promise qui l'attendait làbas, au pays.

Lui, une promise!... Avaï, vous le connaissez pas... Il s'en croit trop pour vouloir d'une paysanne. Les plus riches se sont mises après lui, celle des Combette, une autre encore, et des galantes, vous savez bien!... Il les a pas seulement regardées... Qui sait ce qu'il roule dans sa tête!... Oh! ces artistes...

Et ce mot, nouveau pour elle, prenait sur ses lèvres ignorantes une indéfinissable expression, comme du latin de la messe ou quelque formule cabalistique ramassée dans le GrandAlbert. L'héritage du cousin Puyfourcat revenait très souvent aussi dans cet adroit bavardage.

Il est peu de familles du Midi, artisanes ou bourgeoises, qui n'aient leur cousin Puyfourcat, le chercheur d'aventures parti dès sa jeunesse et qui n'a plus écrit, qu'ou aime à se figurer richissime. C'est le billet de loterie à longue échéance, l'échappée chimérique sur un lointain de fortune et d'espoir, auquel on finit par croire fermement. Audiberte y croyait à l'héritage du cousin, et elle en parlait à la jeune fille, moins pour l'éblouir que pour diminuer les distances sociales qui les séparaient. À la mort du Puyfourcat, le frère rachèterait Valmajour, ferait reconstruire le château et valoir ses titres de noblesse, puisqu'ils disaient tous que les papiers existaient.

À la fin de ces causeries, prolongées quelquefois jusqu'au crépuscule, Hortense restait longtemps silencieuse, le front appuyé à la vitre, à regarder monter dans un rose couchant d'hiver les hautes tours du château reconstruit, la plateforme toute ruisselante de lumières et d'aubades en l'honneur de la châtelaine.

 Boudiou, qu'il est tard!... s'écriait la paysanne la voyant au point où elle voulait... Et le dîner de mes hommes qui n'est pas prêt! Je me sauve.

Souvent Valmajour venait l'attendre en bas; mais elle ne le laissait jamais monter. Elle le sentait si gauche et si grossier, indifférent d'ailleurs à toute idée de séduction. Elle n'avait pas encore besoin de lui.

Quelqu'un qui la gênait bien aussi, mais difficile à éviter, c'était Rosalie, auprès de qui les chatteries, les fausses naïvetés ne prenaient pas. En sa présence, Audiberte, ses terribles sourcils noirs plissés au front, ne disait plus un mot; et dans ce mutisme montait, avec une haine de race, une colère de faible, sournoise et vindicative, contre l'obstacle le plus sérieux à ses projets. Son vrai grief était celuilà; mais elle en avouait d'autres à la petite soeur. Rosalie n'aimait pas le tambourin, puis «elle ne faisait pas sa religion... Et une femme qui ne fait pas sa religion, voyezvous...» Audiberte la faisait, elle, et furieusement; elle ne manquait pas un office et communiait aux jours convenus. Cela ne l'entravait en rien, rouée, menteuse, hypocrite, violente jusqu'au crime, ne puisant dans les textes que des préceptes de vengeance et de haine. Seulement elle restait honnête, au sens féminin du mot. Avec ses vingthuit ans, sa jolie figure, elle gardait, dans les milieux bas où ils roulaient maintenant, la chasteté sévère de son épais fichu de paysanne, serré sur un coeur qui n'avait jamais battu que d'ambition fraternelle.

Hortense m'inquiète... Regardela.

Rosalie, à qui sa mère faisait cette confidence dans un coin de salon au ministère, crut que madame Le Quesnoy partageait ses défiances. Mais l'observation de la mère s'adressait à l'état d'Hortense, qui ne parvenait pas à guérir un gros vilain rhume. Rosalie regarda sa soeur. Toujours son teint éblouissant, sa vivacité, sa gaieté. Elle toussait un peu, mais quoi! comme toutes les Parisiennes après la saison des bals. Le beau temps allait la remettre bien vite.

«En astu parlé à Jarras?»

Jarras était un ami de Roumestan, un ancien du café Malmus. Il assurait que ce n'était rien, conseillait les eaux d'Arvillard.

Eh bien il faut y aller... dit vivement Rosalie, enchantée de ce prétexte d'éloigner Hortense.

Oui, mais ton père qui va rester seul...

J'irai le voir tous les jours...

Alors la pauvre mère avouait, en sanglotant, l'épouvante que lui causait ce voyage avec sa fille. Pendant toute une année, il lui avait fallu courir ainsi les villes d'eaux pour l'enfant qu'ils avaient déjà perdu. Estce qu'elle allait recommencer le même pèlerinage, avec le même but affreux en perspective? L'autre aussi, ça l'avait pris à vingt ans, en pleine santé, en pleine force...

Oh! maman, maman... veuxtu te taire...

Et Rosalie la grondait doucement, Hortense n'était pas malade, voyons; le médecin le disait bien. Ce voyage serait une simple distraction. Arvillard, les Alpes dauphinoises, un pays merveilleux. Elle aurait bien voulu accompagner Hortense à sa place. Malheureusement, elle ne pouvait pas. Des raisons sérieuses...

Oui, je comprends... ton mari, le ministère...

Oh! non, ce n'est pas cela.

Et contre sa mère, dans cette intimité de coeur où elles se trouvaient rarement ensemble: «Écoute, mais pour toi seule, car personne ne le sait, pas même Numa», elle avoua l'espoir encore bien fragile d'un grand bonheur dont elle avait désespéré, qui la rendait folle de joie et de crainte, l'espoir tout nouveau d'un enfant qui allait peutêtre venir.

UNE VILLE D'EAUX

ArvillardlesBains, 2 août 76.

C'est bien curieux, va, l'endroit d'où je t'écris. Imagine une salle carrée, très haute, dallée, stuquée, sonore, où le jour de deux grandes fenêtres est voilé de rideaux bleus jusqu'aux derniers carreaux, obscurci encore par une sorte de buée flottante, à goût de soufre, qui colle aux habits, ternit les bijoux d'or; làdedans, des gens assis contre les murs sur des bancs, des chaises, des tabourets, autour de petites tables, des gens qui regardent leur montre à toute minute, se lèvent, sortent pour céder la place à d'autres, laissant voir chaque fois par la porte entr'ouverte la foule des baigneurs, circulant dans le clair vestibule, et le tablier blanc flottant des femmes de service qui se hâlent. Pas de bruit, malgré tout ce mouvement, un continuel murmure de conversations à voix basse, de journaux déployés, de mauvaises plumes oxydées grinçant sur le papier, un recueillement d'église, baigné, rafraîchi par le grand jet d'eau minérale installé au milieu de la salle et dont l'élan se brise contre un disque métallique, s'émiette, s'éparpille en jaillissements, se pulvérise audessus de larges vasques superposées et ruisselantes. C'est la salle d'inhalation.

Je te dirai, ma chérie, que tout le monde n'inhale pas de la même façon. Ainsi le vieux monsieur que j'ai en face de moi en ce moment suit à la lettre les prescriptions du médecin, je les reconnais toutes. Les pieds sur un tabouret, la poitrine en avant, effaçons les coudes, et la bouche toujours ouverte pour faciliter l'aspiration. Pauvre cher homme! comme il aspire, avec quelle confiance, quels petits yeux ronds, dévots et crédules qui semblent dire à la source:

«Ô source d'Arvillard, guérismoi bien, vois comme je t'aspire, comme j'ai foi en toi...»

Puis nous avons le sceptique qui inhale sans inhaler, le dos tourné, en haussant les épaules et considérant le plafond. Puis les découragés, les vrais malades qui sentent l'inutilité et le néant de tout ça; une pauvre dame, ma voisine, que je vois après chaque quinte porter vivement son doigt à la bouche, regarder si le gant ne s'est pas piqué au bout d'un point rouge. Et l'on trouve quand même le moyen d'être gai.

Des dames du même hôtel rapprochent leurs chaises, se groupent, brodent, potinent tout bas, commentent le Journal des Baigneurs et la liste des étrangers. Les jeunes personnes arborent des romans anglais à couverture rouge, des prêtres lisent leur bréviaire, il y a beaucoup de prêtres à Arvillard, surtout des missionnaires, avec de grandes barbes, des figures jaunes, des voix éteintes d'avoir longtemps prêché la parole de Dieu; quant à moi, tu sais que les romans ne sont pas mon affaire, surtout ces romans de maintenant où tout se passe comme dans la vie. Alors je fais ma correspondance à deux ou trois victimes désignées, Marie Tournier, Aurélie Dansaert, et toi, ma grande soeur que j'adore. Attendezvous à de vrais journaux. Pense donc! deux heures d'inhalation en quatre fois, tous les jours! Personne ici n'inhale autant que moi, c'estàdire que je suis un vrai phénomène. On me regarde beaucoup à cause de cela et j'en ai quelque fierté.

Pas d'autre traitement, du reste, à part le verre d'eau minérale que je vais boire à la source matin et soir et qui doit triompher du voile obstiné que ce vilain rhume m'a laissé sur la voix. C'est la spécialité des eaux d'Arvillard; aussi les chanteuses et les chanteurs se donnentils rendezvous ici. Le beau Mayol vient de nous quitter avec des cordes vocales toutes neuves. Mademoiselle Bachellery, tu sais, la petite diva de votre fête, se trouve si bien du traitement qu'après avoir fini les trois semaines réglementaires, elle en recommence trois autres, ce dont le Journal des Baigneurs la loue beaucoup. Nous avons l'honneur d'habiter le même hôtel que cette jeune et illustre personne, affublée d'une tendre mère de Bordeaux qui à table d'hôte réclame des «appétits» dans la salade et parle du chapeau de cent qrrante francs que portait sa demoiselle au dernier Longchamp. Un couple délicieux et très admiré parmi nous. On se pâme aux gentillesses de Bébé, comme dit sa mère, à ses rires, à ses roulades, à ses envolements de jupe courte. On se presse devant la cour sablée de l'hôtel pour lui voir faire sa partie de crocket avec les petites filles et les petits garçons, elle ne joue qu'avec les tout petits, courir, sauter, envoyer sa boule en vrai gamin: «Je vas vous roquer, monsieur Paul.»

Tout le monde dit: «Elle est si enfant!» Moi, je crois que ces faux enfantillages font partie d'un rôle, comme ses jupes à larges noeuds et son catogan de postillon. Puis elle a une façon si extraordinaire d'embrasser cette grosse Bordelaise, de se pendre à son cou, de se faire bercer, gironner devant tout le monde! Tu sais si je suis caressante, eh bien! vrai, ça me gêne pour embrasser maman.

Une famille bien curieuse aussi, mais moins gaie, c'est le prince et la princesse d'Anhalt, mademoiselle leur fille, gouvernante, femmes de chambre et suite, qui occupent tout le premier de l'hôtel dont ils sont les personnages. Je rencontre souvent la princesse dans l'escalier, montant marche à marche au bras de son mari, un beau gaillard, éblouissant de santé sous sou chapeau gansé de bleu. Elle ne va à l'établissement qu'en chaise à porteurs; et, c'est navrant, cette tête creusée et pale derrière la petite vitre, le père et l'enfant qui marchent à côté, l'enfant bien chétive, avec tous les traits de sa mère et peutêtre aussi tout son mal. Elle s'ennuie, cette petite de huit ans, à qui il est défendu de jouer avec les autres enfants, et qui regarde tristement, du balcon, les parties de crocket et les cavalcades de l'hôtel. On la trouve de sang trop bleu pour ces ébats roturiers, ils aiment mieux la garder dans l'atmosphère lugubre de cette mère expirante, près de ce père qui promène sa malade avec une tête rogue et excédée, ou l'abandonner aux domestiques. Mais, mon Dieu, c'est donc une peste, un mal qui se gagne, la noblesse!

Ces gens là mangent à part dans un petit salon, inhalent à part, car il y a des salles pour famille, et te figurestu la tristesse de ce têteàtête, cette femme et cette enfant dans un grand caveau silencieux.

L'autre soir, nous étions très nombreux au grand salon du rezde chaussée où l'on se réunit pour jouer à des petits jeux, chanter, danser même quelquefois. La maman Bachellery venait d'accompagner à Bébé une cavatine d'opéra, nous voulons entrer à l'Opéra, nous sommes même venues à Arvillard nous «récurer la voix pour ça», selon l'élégante expression de la mère. Tout à coup la porte s'ouvre, et la princesse paraît, avec ce grand air qu'elle a, expirante, élégante, serrée dans un manteau de dentelle qui dissimule le rétrécissement terrible et significatif des épaules. L'enfant et le mari suivaient.

Continuez, je vous en prie... toussote la pauvre femme.

Et voilà cette bête de petite chanteuse qui va choisir dans tout son répertoire la romance la plus navrée, la plus sentimentale, Vorrei morir, quelque chose comme nos Feuilles mortes en italien, une malade qui fixe sa date mortuaire en automne, pour se faire l'illusion que toute la nature va expirer avec elle, enveloppée du premier brouillard comme d'un suaire.

Vorrei morir ne la stagion dell' anno.

L'air est gracieux, d'une tristesse qui prolonge la caresse des mots italiens et au milieu de ce grand salon, où pénétraient par les fenêtres ouvertes les odeurs, les vols légers, le rafraîchissement d'une belle nuit d'été, ce désir de vivre encore jusqu'à l'automne, cette trêve, ce sursis demandé au mal prenaient quelque chose de poignant. Sans rien dire, la princesse s'est levée, est sortie brusquement. Dans le noir du jardin, j'ai entendu un sanglot, un long sanglot, puis une voix d'homme qui grondait, et de ces plaintes pleurées d'un enfant qui voit du chagrin à sa mère.

C'est la tristesse des villes d'eaux, ces misères de santé qu'on y rencontre, ces toux entêtées, mal assourdies par les cloisons d'hôtel, ces précautions de mouchoirs sur les bouches pour éviter l'air, ces causeries, ces confidences dont on devine le sens aux gestes douloureux montrant toujours la poitrine ou l'épaule vers la clavicule, et les démarches somnolentes, les pas traînants, l'idée fixe du mal. Maman, qui connaît toutes les stations pour les maladies de poitrine, pauvre mère, dit qu'aux EauxBonnes ou au MontDore c'est bien autre chose qu'ici. On n'envoie à Arvillard que les convalescents comme moi ou les cas désespérés pour lesquels rien ne fait plus rien. Nous n'avons heureusement à notre hôtel des Alpes Dauphinoises que trois malades de ce genre, la princesse, puis deux jeunes Lyonnais, le frère et la soeur, orphelins, très riches, diton, et qui semblent au pire; la soeur surtout, avec ce teint blafard, resté sous l'eau, des Lyonnaises, entortillée de peignoirs et de châles tricotés, sans un bijou, un ruban, nul souci de coquetterie. Elle sent le pauvre, cette riche; elle est perdue, le sait, se désespère et s'abandonne. Il y a au contraire dans la taille voûtée du jeune homme, étroitement pincée d'une jaquette à la mode, une terrible volonté de vivre, une incroyable résistance au mal.

«Ma soeur n'a pas de ressort... moi, j'en ai!» disaitil à table d'hôte, l'autre jour, d'une voix toute rongée qu'on n'entend pas plus que l'ut de la Vauters, quand elle chante. Et le fait est qu'il a furieusement du ressort. C'est le bouteentrain de l'hôtel, l'organisateur des jeux, des parties, des excursions; il monte à cheval, en traîneau, des espèces de petits traîneaux chargés de branches sur lesquels les montagnards du pays vous font dégringoler les pentes les plus raides, valse, fait des armes, secoué de quintes affreuses qui ne l'interrompent pas un instant. Nous possédons encore une illustration médicale, le docteur Bouchereau, tu te rappelles, celui que maman était allée consulter pour notre pauvre André. Je ne sais s'il nous a reconnues, mais il ne nous salue jamais. Un vieux loup...

... Je viens d'aller boire mon demiverre à la source. Cette source précieuse est à dix minutes du pays, en montant du côté des hautsfourneaux, dans une gorge où roule et gronde un torrent, tout mousseux d'écume, descendu du glacier qui ferme la perspective, luisant et clair entre les Alpes bleues, et qui semble, dans cette blancheur des eaux battues, fondre et délayer sans cesse sa base invisible et neigeuse. De grandes roches noires, suintant goutte à goutte parmi les fougères et les lichens, des plantations de sapins, de verdure sombre, un sol où des fragments de mica étincellent dans la poussière de charbon, voilà l'endroit. Mais ce que je ne puis te rendre, c'est le formidable bruit, le torrent jaillissant dans les pierres, le marteau à vapeur d'une scierie qu'il active, et, dans l'étroite gorge, sur une route unique, toujours encombrée, des tombereaux de houille, des bestiaux en file, des cavalcades d'excursionnistes, des buveurs qui vont ou reviennent; j'oubliais l'apparition, au seuil des maisons misérables, de quelque horrible crétin mâle ou femelle étalant un goitre hideux, une grosse figure hébétée, la bouche ouverte et grognante. Le crétinisme est une des productions du pays Il semble que la nature soit trop forte ici pour l'homme, que le minerai de fer, de cuivre, de soufre l'étreigne, le torde, l'étouffe, que cette eau des cimes le glace, comme ces pauvres arbres qu'on voit pousser tout rabougris entre deux roches. Encore une de ces impressions d'arrivée dont la tristesse et l'horreur s'effacent au bout de quelques jours.

Maintenant, au lieu de les fuir, j'ai mes goitreux d'élection, un surtout, un affreux petit monstre, assis au bord de la route dans un fauteuil d'enfant de trois ans, et il en a seize, juste l'âge de mademoiselle Bachellery. Quand j'approche, il dodeline sa lourde tête de pierre d'où sort un cri rauque, écrasé, sans conscience et sans air, et sitôt sa pièce blanche reçue, la lève triomphalement vers une charbonnière qui le guette d'un coin de fenêtre. C'est une fortune enviée de bien des mères, ce disgracié qui rapporte plus à lui tout seul que ses trois frères travaillant aux fourneaux de La Debout. Le père ne fait rien; malade de la poitrine, il passe l'hiver à son foyer de pauvre, et, l'été, s'installe avec d'autres malheureux sur un banc, dans la buée tiède que fait en arrivant la source bouillonnante. La nymphe de l'endroit, tablier blanc, les mains ruisselantes, remplit à la mesure voulue les verres qu'on lui tend, pendant que dans la cour à côté, séparée de la route par un mur bas, des têtes dont on ne voit pas les corps se renversent en arrière, contorsionnées d'efforts, grimaçant au soleil, la bouche toute grande. Une illustration de l'Enfer du Dante: les damnés du gargarisme.

Quelquefois, en sortant de là, nous faisons le grand tour pour revenir à l'établissement, et nous descendons par le pays. Maman, que le bruit de l'hôtel fatigue, qui a peur surtout que je ne danse trop au salon, avait rêvé de louer une petite maison bourgeoise dans Arvillard, où les occasions ne manquent pas. Il y a des écriteaux à chaque porte, à chaque étage, se balançant dans les glycines entre des rideaux clairs et tentateurs. À se demander vraiment ce que les habitants deviennent pendant la saison. Campentils en troupeaux sur les montagnes environnantes, ou bien vontils vivre à l'hôtel à cinquante francs par jour? Cela m'étonnerait, car il me semble terriblement rapace cet aimant qu'ils ont dans l'oeil quand ils regardent le baigneur, quelque chose qui luit et qui accroche. Et ce luisantlà, l'éclair brusque sur le front de mon petit goitreux, le reflet de sa pièce blanche, je le retrouve partout. Dans les lunettes du petit médecin frétillant qui m'ausculte tous les matins, dans l'oeil des bonnes dames douceureuses vous invitant à visiter leurs maisons, leurs petits jardins bien commodes, remplis de trous pleins d'eau et de cuisines au rezdechaussée pour des appartements au troisième étage, dans l'oeil des voituriers en blouses courtes, chapeaux cirés à grands rubans, qui vous font signe du haut de leurs corricolos de louage, dans le regard du petit ânier debout devant l'écurie large ouverte où remuent de longues oreilles, même dans celui des ânes, oui, dans ce grand regard d'entêtement et de douceur, cette dureté de métal que donne l'amour de l'argent, je l'ai vue, elle existe.

Du reste, elles sont affreuses, leurs maisons, encaissées, tristes, sans horizon, riches en inconvénients de toute sorte qu'il n'est pas permis d'ignorer, puisqu'on vous les signale dans la maison voisine. Nous nous en tiendrons décidément à notre caravansérail des Alpes Dauphinoises, qui chauffe au soleil sur la hauteur ses innombrables persiennes vertes dans la brique rouge, au milieu d'un parc anglais encore en bas âge, taillis, labyrinthe, allées sablées dont il partage la jouissance avec les cinq ou six autres hôtels cossus du pays, La Chevrette, La Laita, Le Bréda, La Planta. Tous ces hôtels à noms savoyards se font une concurrence féroce, s'épient, se surveillent pardessus les massifs, et c'est à qui mènera le plus de train avec ses cloches, ses pianos, le fouet de ses postillons, les fusées de ses feux d'artifice, à qui ouvrira le plus largement ses fenêtres pour que l'animation, les rires, les chants, les danses fassent dire aux voyageurs de visàvis:

Comme ils s'amusent làbas! Comme il doit y avoir du monde!

Mais c'est dans le Journal des Baigneurs que se livre entre les auberges rivales la bataille la plus chaude, autour de ces listes d'arrivants que la petite feuille donne très exactement deux fois par semaine.

Quelle rage envieuse à la Laita, de la Planta, quand on voit par exemple: Prince et princesse d'Anhalt et leur suite... Alpes Dauphinoises. Tout pâlit devant cette ligne écrasante. Comment répondre? Et l'on cherche, on s'ingénie; si vous avez un de, un titre quelconque, on le prodigue, on l'étale. Voici trois fois que la Chevrette nous sert le même inspecteur des forêts sous des espèces différentes, inspecteur, marquis, chevalier des Saints Maurice et Lazare. Mais les Alpes Dauphinoises ont encore le pompon, sans que nous y soyons pour rien, dame! Tu sais comme est maman, toujours modeste, effarouchée; elle a bien défendu à Fanny de dire qui nous étions, parce que la position de notre père, celle de ton mari auraient attiré autour de nous trop de curiosité et de poussière mondaine. Le journal a dit simplement: Mesdames Le Quesnoy (de Paris) ... Alpes Dauphinoises, et comme les Parisiens sont rares, notre incognito n'a pas été révélé.

Nous avons une installation très simple, assez commode, deux chambres au second, toute la vallée devant nous, un cirque de montagnes noires de sapins au pied, et qui se nuancent, s'éclaircissent en montant avec des traînées de neige éternelle, des pentes arides en regard de petites cultures qui font comme des carrés de vert, de jaune, de rose, au milieu desquels les meules de foin ne paraissent pas plus grosses que des ruches d'abeilles. Mais ce bel horizon ne nous tient guère chez nous.

Le soir, on a le salon, le jour, on erre dans le parc pour le traitement qui, joint à cette existence si remplie et si vide, vous prend et vous absorbe. L'heure amusante, c'est après déjeuner, quand on se groupe par petites tables pour le café, sous les grands tilleuls, à l'entrée du jardin. C'est l'heure des arrivées et des départs; autour de la voiture qui emporte les baigneurs, on échange des adieux, des poignées de main, les gens de l'hôtel se pressent, éclairés du luisant, du fameux luisant savoyard. On embrasse des personnes qu'on connaît à peine, les mouchoirs s'agitent, les grelots tintent, puis la lourde voiture chargée et vacillante disparaît par les routes étroites, à mi côte, emportant ces noms, ces visages qui ont fait un moment partie de la vie commune, ces inconnus d'hier, demain oubliés.

D'autres arrivent, s'installent dans leurs habitudes. J'imagine que ce doit être la monotonie des paquebots, avec un renouvellement de figures à chaque escale. Tout ce mouvement m'amuse, mais notre chère maman reste bien triste, bien absorbée, malgré le sourire qu'elle essaie quand je la regarde. Je devine que chaque détail de notre vie lui apporte un souvenir navrant, une évocation d'images lugubres. Elle en a tant vu de ces caravansérails de malades, pendant l'année où elle a suivi son agonisant de station en station, dans la plaine ou sur la montagne, sous les pins au bord de la mer, avec un espoir toujours trompé et l'éternelle résignation qu'elle était obligée de mettre à son martyre.

Vraiment, Jarras pouvait bien lui éviter ce rappel de douleurs; car je ne suis pas malade, je ne tousse presque plus, et, en dehors de mon vilain enrouement qui me donne une voix à crier des pois verts, je ne me suis jamais si bien portée. Un appétit d'enfer, figuretoi, de ces faims terribles qui ne peuvent attendre. Hier, après un déjeuner à trente plats, au menu plus compliqué que l'alphabet chinois, je vois une femme éplucher des framboises devant sa porte. Tout de suite une fringale me prend. Deux bols, ma chère, deux bols de ces grosses framboises si fraîches, «le fruit du pays», comme dit notre garçon de table. Et voilà mon estomac!

C'est égal, ma chérie, comme c'est heureux que ni toi ni moi n'ayons pris le mal de ce pauvre frère que je n'ai guère connu et dont je retrouve ici sur d'autres visages les traits tirés, l'expression découragée qu'il a sur son portrait dans la chambre de nos parents! Et quel original que ce médecin qui l'a soigné jadis, ce fameux Bouchereau! L'autre jour, maman a voulu me présenter à lui, et, pour obtenir une consultation, nous avons rôdé dans le parc autour de ce grand vieux, à la physionomie brutale et dure; mais il était très entouré par les médecins d'Arvillard, l'écoutant avec des humilités d'écolier. Alors nous l'avons attendu à la sortie de l'inhalation. Peine perdue. Notre homme s'est mis à marcher d'un pas, comme s'il voulait nous échapper. Avec maman, tu sais, on ne va guère vite, et nous l'avons encore manqué cette fois. Enfin hier matin Fanny est allée demander de notre part à sa gouvernante, s'il pouvait nous recevoir. Il a fait répondre qu'il était aux eaux pour se soigner et non pour donner des consultations. En voilà un rustre! C'est vrai que je n'ai jamais vu une pâleur pareille, de la cire. Père est un monsieur très coloré à côté de lui. Il ne vit que de lait, ne descend jamais à la salle à manger, encore moins au salon. Notre petit docteur frétillant, celui que j'appelle M. C'est ce qui faut, prétend qu'il a une maladie de coeur très dangereuse, et que ce sont les eaux d'Arvillard qui depuis trois ans le font durer.

«C'est ce qui faut! C'est ce qui faut!»

On n'entend que cela dans le bredouillement de ce drôle de petit homme, vaniteux, bavard, qui tourbillonne le matin dans notre chambre. «Docteur, je ne dors pas... Je crois que le traitement m'agite. C'est ce qui faut! Docteur, j'ai toujours sommeil... je crois que ce sont les eaux. C'est ce qui faut» Ce qu'il faut surtout, c'est que sa tournée soit vite faite, pour qu'il puisse être avant dix heures à son cabinet de consultation, dans cette petite boîte à mouches où le monde s'entasse jusque dans l'escalier, jusque sur le trottoir, en bas des marches. Aussi il ne flâne guère, vous bâcle une ordonnance sans s'arrêter de sauter, de cabrioler, comme un baigneur qui «fait sa réaction».

Oh! la réaction. C'est ça encore une affaire. Moi qui ne prends ni bains ni douches, je ne fais pas de réaction mais je reste quelquefois un quart d'heure sous les tilleuls du parc à regarder le vaetvient de tous ces gens marchant à grands pas réguliers, l'air absorbé, se croisant sans se dire un mot. Mon vieux monsieur de la salle d'inhalation, celui qui fait de l'oeil à la source, apporte à cet exercice la même conscience ponctuelle. À l'entrée de l'allée il s'arrête, ferme son ombrelle blanche, rabaisse son collet d'habit, regarde sa montre, et en route, la jambe raide, les coudes au corps, une deux! une deux! jusqu'à une grande barre de lumière blonde que le manque d'un arbre jette en clairière dans l'allée. Il ne va pas plus loin, lève les bras trois fois comme s'il tendait des haltères, puis revient de la même allure, brandit de nouveaux haltères, et comme cela quinze tours de suite. J'imagine que la section des agités à Charenton doit avoir un peu de la physionomie de mon allée vers onze heures.

6 août.

C'est donc vrai, Numa vient nous voir. Oh! que je suis contente, que je suis contente Ta lettre est arrivée par le courrier d'une heure, dont la distribution se fait dans le bureau de l'hôtel. Minute solennelle, décisive pour la couleur de la journée. Le bureau plein, on se range en demicercle autour de la grosse madame Laugeron, très imposante dans son peignoir de flanelle bleue, pendant que de sa voix autoritaire, un peu maniérée, d'ancienne dame de compagnie, elle annonce les adresses multicolores du courrier. Chacun s'avance à l'appel, et je dois te dire qu'on met un certain amourpropre à avoir un fort courrier. À quoi n'en meton pas du reste de l'amourpropre dans ce perpétuel frottement de vanités et de sottises? Quand je pense que j'en arrive à être fière de mes deux heures d'inhalation! «M. le prince d'Anhalt... M. Vasseur... Mademoiselle Le Quesnoy...» Déception. Ce n'est que mon journal de modes. «Mademoiselle Le Quesnoy...» Je regarde s'il n'y a plus rien pour moi et je me sauve avec ta chère lettre, jusqu'au fond du jardin, sur un banc enfermé de grands noisetiers.

Ça, c'est mon banc, le coin où je m'isole pour rêver, faire mes romans car, chose étonnante, pour bien inventer, développer selon les règles de M. Baudouy, il ne me faut pas de larges horizons. Quand c'est trop grand, je me perds, je m'éparpille, va te promener. Le seul ennui de mon banc, c'est le voisinage d'une balançoire, où cette petite Bachellery passe la moitié de ses journées à se faire lancer dans l'espace par le jeune homme au ressort. Je pense qu'il en a du ressort pour la pousser ainsi pendant des heures. Et ce sont des cris de bébé, des roulades envolées «Plus haut! encore!...» Dieu! que cette fille m'agace, je voudrais que la balançoire l'envoyât dans la nue et qu'elle n'en redescendît jamais.

On est si bien, si loin, sur mon banc, quand elle n'est pas là. J'y ai savouré ta lettre, dont le postscriptum m'a fait pousser un cri de joie.

Oh! que béni soit Chambéry et son lycée neuf, et cette première pierre à poser, qui amène dans nos régions le ministre de l'Instruction publique. Il sera très bien ici pour préparer son discours, soit en se promenant dans l'allée de la réaction, allons, bon, un calembour maintenant, ou sous mes noisetiers quand mademoiselle Bachellery ne les effarouche pas. Mon cher Numa! Je m'entends si bien avec lui, si vivant, si gai. Comme nous allons causer ensemble de notre Rosalie et du sérieux motif qui l'empêche de voyager en ce moment... Ah! mon Dieu, c'est un secret... Et maman qui m'a tant fait jurer... c'est elle qui est contente aussi de recevoir le cher Numa. Du coup, elle en perd toute timidité, toute modestie, et vous avait une majesté en entrant dans le bureau de l'hôtel pour retenir l'appartement de son gendre le ministre! Non, la tête de notre hôtesse oyant cette nouvelle.

Comment! mesdames, vous êtes... vous étiez?...

Nous le fûmes..., nous le sommes...

Sa large face est devenue lilas, ponceau, une palette de peintre impressionniste. Et M. Laugeron, et tout le service. Depuis notre arrivée, nous réclamions en vain un bougeoir supplémentaire; tout à l'heure, il y en avait cinq sur la cheminée. Numa sera bien servi, je t'en réponds, et installé. On lui donne le premier étage du prince d'Anhalt, qui va se trouver libre dans trois jours. Il paraît que les eaux d'Arvillard sont funestes à la princesse; et le petit docteur luimême est d'avis qu'elle parte au plus vite. C'est ce qui faut, car s'il arrivait un malheur, les Alpes Dauphinoises ne s'en relèveraient pas.

C'est pitié, la hâte qui se fait autour du départ de ces malheureux, comme on les presse, comme on les pousse, à l'aide de cette hostilité magnétique que dégagent les endroits où l'on est importun. Pauvre princesse d'Anhalt dont l'arrivée fut si fêtée ici. Pour un peu, on la reconduirait à l'extrémité du département entre deux gendarmes... L'hospitalité des villes d'eaux!...

À propos, et Bompard? tu ne me dis pas s'il sera du voyage. Dangereux Bompard! s'il vient, je suis capable de m'envoler avec lui sur quelque glacier. Quels développements nous trouverions à nous deux, vers les cimes! Je ris, je suis si heureuse... Et j'inhale, et j'inhale, un peu gênée par le voisinage du terrible Bouchereau qui vient d'entrer et de s'asseoir à deux places de moi.

Qu'il a donc l'air dur, cet hommelà. Les mains sur la pomme de sa canne, son menton posé dessus, il parie tout haut, le regard droit, sans s'adresser à personne. Estce que je dois prendre pour moi ce qu'il dit de l'imprudence des baigneuses, de leurs robes de batiste claire, de la sottise des sorties après le dîner dans un pays où les soirées sont d'une fraîcheur mortelle?

Méchant homme! On croirait qu'il sait que je quête ce soir à l'église d'Arvillard pour l'oeuvre de la Propagation. Le père Olivieri doit raconter en chair ses missions dans le Thibet, sa captivité, son martyre; mademoiselle Bachellery, chanter l'Ave Maria de Gounod. Et je me fais une fête du retour par toutes les petites rues noires avec des lanternes, comme une vraie retraite aux flambeaux.

Si c'est une consultation que M. Bouchereau me donne là, je n'en veux pas, il est trop tard. D'abord, monsieur, j'ai carte blanche de mon petit docteur, qui est bien plus aimable que vous et m'a même permis un petit tour de valse au salon pour finir.

Oh! rien qu'un, par exemple. Du reste, quand je danse un peu trop, tout le monde est après moi. On ne sait pas comme je suis robuste avec ma taille de grand fuseau, et qu'une Parisienne n'est jamais malade de trop danser. «Prenez garde... Ne vous fatiguez pas...» L'une m'apporte mon châle; celuilà ferme les croisées dans mon dos, de peur que je m'enrhume. Mais le plus empressé encore, c'est le jeune homme au ressort, parce qu'il trouve que j'en ai diantrement plus que sa soeur. Ce n'est pas difficile, pauvre fille. Entre nous, je crois que ce jeune monsieur, désespéré des froideurs d'Alice Bachellery, s'est rabattu sur moi et me fait la cour... Mais, hélas! il perd ses peines, mon coeur est pris, tout à Bompard... Eh bien! non, ce n'est pas Bompard, et tu t'en doutes, ce n'est pas Bompard le personnage de mon roman. C'est..., c'est... Ah! tant pis, mon heure est passée. Je te le dirai un autre jour, mademoiselle refréjon.

UNE VILLE D'EAUX

Le matin où le Journal des Baigneurs annonça que Son Excellence M. le ministre de l'Instruction publique, Bompard attaché, et leur suite, étaient descendus aux Alpes Dauphinoises, le désarroi fut grand dans les hôtels d'alentour.

Justement La Laita gardait depuis deux jours un évêque catholique de Genève pour le produire au bon moment, ainsi qu'un conseiller général de l'Isère, un lieutenantjuge à Tahiti, un architecte de Boston, une fournée enfin. La Chevrette attendait aussi un «député du Rhône et famille». Mais le député, le lieutenantjuge, tout disparut emporté, perdu dans le sillon de flamme glorieuse qui suivait partout Numa Roumestan. On ne parlait, on ne s'occupait que de lui. Tous les prétextes servaient pour s'introduire aux Alpes Dauphinoises, passer devant le petit salon du rezdechaussée sur le jardin, où le ministre mangeait entre ses dames et son attaché, le voir faire la partie de boule, chère aux Méridionaux, avec le père Olivieri des Missions, saint homme terriblement velu, qui à force de vivre chez les sauvages avait pris de leurs façons d'être, poussait des cris formidables en pointant et pour tirer brandissait les boules audessus de sa tête en tomahawk.

La belle figure du ministre, la rondeur de ses manières lui gagnèrent les coeurs et surtout sa sympathie pour les humbles. Le lendemain de son arrivée, les deux garçons qui servaient le premier étage annoncèrent à l'office que le ministre les emmenait à Paris pour son service personnel. Comme c'étaient de bons serviteurs, madame Laugeron fit la grimace, mais n'en laissa rien voir à l'Excellence, dont le séjour valait tant d'honneur à son hôtel. Le préfet, le recteur arrivaient de Grenoble, en tenue, présenter leurs hommages à Roumestan. L'Abbé de la Grande Chartreuse, il avait plaidé pour eux contre les Prémontrés et leur élixir, lui envoyait en grande pompe une caisse de liqueur extrafine. Enfin le préfet de Chambéry venait prendre ses ordres pour la cérémonie de la première pierre à poser au lycée neuf, l'occasion d'un discours manifeste et d'une révolution dans les moeurs de l'Université. Mais le ministre demandait un peu de répit; les travaux de la session l'avaient fatigué, il voulait reprendre haleine, s'apaiser au milieu des siens, préparer à loisir ce discours de Chambéry, d'une portée si considérable. Et M. le préfet comprenait bien cela, demandant seulement d'être prévenu quarantehuit heures à l'avance, pour donner l'éclat nécessaire à la cérémonie. La pierre avait attendu deux mois, elle attendrait bien encore le bon vouloir de l'illustre orateur.

En réalité, ce qui retenait Roumestan à Arvillard, ce n'était ni le besoin de repos, ni le loisir nécessaire à cet improvisateur merveilleux sur qui le temps et la réflexion faisaient l'effet de l'humidité sur le phosphore, mais la présence d'Alice Bachellery. Après cinq mois d'un flirtage passionné, Numa n'était pas plus avancé auprès de sa «petite» que le jour de leur premier rendez vous. Il fréquentait la maison, savourait la bouillabaisse savante de madame Bachellery, les chansonnettes de l'ancien directeur des FoliesBordelaises, reconnaissait ces menues faveurs par une foule de cadeaux, bouquets, envois de loges ministérielles, billets aux séances de l'Institut, de la Chambre, même les palmes d'officier d'Académie pour le chansonnier, tout cela sans avancer ses affaires. Ce n'était pourtant pas un de ces novices qui vont à la pêche à toute heure, sans avoir d'avance tâté l'eau et solidement appâté. Seulement il avait affaire à la plus subtile dorade, qui s'amusait de ses précautions, mordillait l'amorce, lui donnait parfois l'illusion de la prise, et s'échappait tout à coup d'une détente, lui laissant la bouche sèche de désir, le coeur fouetté des commotions de sa souple échine ondulée et tentante.

Rien de plus énervant que ce jeu. Il ne tenait qu'à Numa de le faire cesser, en donnant à la petite ce qu'elle demandait, sa nomination de première chanteuse à l'Opéra, un traité de cinq ans, de gros appointements, des feux, la vedette, le tout stipulé sur papier timbré, et non par la simple poignée de main, le «topez là» de Cadaillac. Elle n'y croyait pas plus qu'aux «J'en réponds... c'est comme si vous l'aviez...» dont Roumestan depuis cinq mois essayait de la leurrer.

Celuici se trouvait entre deux exigences. «Oui, disait Cadaillac, si vous renouvelez mon bail.» Or le Cadaillac était brûlé, fini; sa présence à la tête du premier théâtre de musique, un scandale, une tare, un héritage véreux de l'administration impériale. La presse réclamerait sûrement contre le joueur, trois fois failli, qui ne pouvait porter sa croix d'officier, et le cynique montreur, dilapidant sans vergogne les deniers publics. Fatiguée à la fin de ne pouvoir se laisser prendre, Alice cassa la ligne et se sauva, traînant l'hameçon.

Un jour, le ministre arrivant chez les Bachellery trouva la maison vide et le père qui, pour le consoler, lui chantait son dernier refrain:

Donnemoi d'quoi q't'as, t'auras d'quoi qu'j'ai.

Il s'efforça de patienter un mois, puis retourna voir le fécond chansonnier qui voulut bien lui chanter sa nouvelle:

Quand le saucisson va, tout va...

et le prévenir que ces dames, se trouvant admirablement aux eaux, avaient l'intention de doubler leur séjour. C'est alors que Roumestan s'avisa qu'on l'attendait pour cette première pierre du lycée de Chambéry, une promesse faite en l'air et qui y serait probablement restée, si Chambéry n'eut été voisin d'Arvillard où, par un hasard providentiel, Jarras, le médecin et l'ami du ministre, venait d'envoyer mademoiselle Le Quesnoy.

Ils se rencontrèrent, dès l'arrivée, dans le jardin de l'hôtel. Elle, très surprise de le voir, comme si le matin même elle n'avait lu l'annonce pompeuse du Journal des Baigneurs, comme si depuis huit jours toute la vallée par les mille voix de ses forêts, de ses fontaines, ses innombrables échos, n'annonçait la venue de l'Excellence:

Vous, ici?

Lui, son air ministre, imposant et gourmé:

Je viens voir ma bellesoeur.

Il s'étonna, du reste, de trouver encore mademoiselle Bachellery à
Arvillard. Il la croyait partie depuis longtemps.
Dame! il faut bien que je me soigne, puisque Cadaillac prétend que j'ai la voix si malade.

Làdessus un petit salut parisien du bout des cils, et elle s'éloigna sur une roulade claire, un joli gazouillis de fauvette, qu'on entend encore longtemps après qu'on ne voit plus l'oiseau. Seulement, dès ce jour, elle changea d'allure. Ce ne fut plus l'enfant précoce, toujours à gambader par l'hôtel, à roquer M. Paul, à jouer à la balançoire, aux jeux innocents, qui ne se plaisait qu'avec les petits, désarmait les mamans les plus sévères, les ecclésiastiques les plus moroses par l'ingénuité de son rire et son exactitude aux offices. On vit paraître Alice Bachellery, la diva des Bouffes, le joli mitron déluré et viveur, s'entourant de jeunes freluquets, improvisant des fêtes, des parties, des soupers que la mère, toujours présente, ne défendait qu'à demi des interprétations mauvaises.

Chaque matin, un panier au blanc tendelet bordé d'un baldaquin de franges se rangeait au perron une heure avant que ces dames descendissent en robe claire, pendant que piaffait autour d'elles une joyeuse cavalcade, tout ce qu'il y avait de libre, de garçon aux Alpes Dauphinoises et dans les hôtels voisins, le lieutenantjuge, l'architecte américain, et surtout le jeune homme au ressort, que la diva ne semblait plus désespérer de ses innocents enfantillages. La voiture bourrée de manteaux pour le retour, un gros panier de provisions sur le siège, on traversait le pays au grand trot, en route pour la Chartreuse de SaintHugon, trois heures dans la montagne sur des lacets à pic, au ras des cimes noires de sapins dégringolant vers des précipices, vers des torrents tout blancs d'écume; ou bien dans la direction de Bramefarine, où l'on déjeune d'un fromage de montagne arrosé d'un petit clairet très raide qui fait danser les Alpes, le mont Blanc, tout le merveilleux horizon de glaces, de crêtes bleues que l'on découvre de làhaut, avec de petits lacs, fragments clairs au pied des roches comme des morceaux de ciel cassé. On descendait, à la ramasse, dans des traîneaux de feuillage, sans dossier, où il faut se cramponner aux branches, lancé à corps perdu sur les pentes, tiré par un montagnard qui va droit devant lui sur le velours des pâturages, le lit caillouteux des torrents secs, franchissant de la même vitesse les quartiers de roche ou le grand écart d'un ruisseau, vous laissant en bas à la fin, ébloui, moulu, suffoqué, tout le corps en branle et les yeux tourbillonnants avec la sensation de survivre au plus horrible tremblement de terre.

Et la journée n'était complète que lorsque toute la cavalcade se trempait en route d'un de ces orages de montagne, criblé d'éclairs et de grêle, qui effrayait les chevaux, dramatisait le paysage, préparait un retour à sensation, la petite Bachellery, sur le siège, en paletot d'homme, sa toque ornée d'une plume de gelinotte, tenant les guides, fouettant ferme pour se réchauffer et racontant, une fois descendue, le danger de l'excursion avec l'entrain, la voix mordante, les yeux brillants, la vive réaction de sa jeunesse contre la froide averse et un petit frisson de peur.

Si du moins elle avait éprouvé alors le besoin d'un bon sommeil, un de ces sommeils de pierre que procurent les courses en montagne. Non, c'était jusqu'au matin dans la chambre de ces femmes un train de rires, de chansons, de flacons débouchés, des consommations qu'on montait à ces heures indues, des tables qu'on roulait pour le baccara, et sur la tête du ministre, dont l'appartement se trouvait juste audessous.

Plusieurs fois il s'en plaignit à madame Laugeron, très partagée entre son désir d'être agréable à l'Excellence et la crainte de mécontenter des clientes d'un tel rapport. Et puis, aton le droit d'être bien exigeant dans ces hôtels de bains toujours secoués par des départs, des arrivées en pleine nuit, les malles qu'on traîne, les grosses bottes, les bâtons ferrés des ascensionnistes, en train de s'équiper dès avant le jour, et les quintes de toux des malades, ces horribles toux déchirantes, ininterrompues, qui tiennent du râle, du sanglot, du chant d'un coq enroué.

Ces nuits blanches, lourdes nuits de juillet que Roumestan passait en insomnies fiévreuses à tourner et retourner dans son lit des pensées importunes, pendant que sonnait clair làhaut le rire coupé de traits et d'appoggiatures de sa voisine, il aurait pu les employer à son discours de Chambéry; mais il était trop agité, trop furieux, se retenant de monter à l'étage audessus pour chasser au bout de ses bottes le jeune homme au ressort, l'Américain et cet infâme lieutenantjuge, déshonneur de la magistrature française aux colonies, pour saisir par le cou, son cou de tourterelle gonflé de roulades, cette méchante petite scélérate en lui disant une bonne fois:

«Aurezvous bientôt fini de me faire souffrir comme ça?»

Pour s'apaiser, chasser ces visions, d'autres plus vives, plus douloureuses encore, il rallumait sa bougie, appelait Bompard couché dans la pièce à côté, le confident, l'écho, toujours à l'ordre, et l'on causait de la petite. C'est pour cela qu'il l'avait amené, arraché non sans peine à l'installation de sa couveuse artificielle. Bompard s'en consolait en entretenant de son affaire le père Olivieri qui connaissait à fond l'élevage des autruches, ayant habité longtemps Captown. Et les récits du religieux, ses voyages, son martyre, les différentes façons dont il avait été torturé en des pays divers, ce corps robuste de boucanier, brûlé, scié, roué, carte d'échantillon des raffineries de la cruauté humaine, tout cela avec le frais éventail rêvé des plumes soyeuses et chatoyantes, intéressait autrement l'imaginatif Bompard que l'histoire de la petite Bachellery; mais il était si bien dressé à son métier de suiveur que, même à cette heurelà, Numa le trouvait prêt à s'attendrir, à s'indigner avec lui, donnant à sa noble tête, sous les pointes d'un foulard de nuit, des expressions de colère, d'ironie, de douleur, selon qu'il s'agissait des faux cils de l'artificieuse petite, de ses seize ans qui en valaient bien vingtquatre, ou de l'immoralité de cette mère prenant sa part de scandaleuses orgies. Enfin quand Roumestan, ayant bien déclamé, gesticulé, montré à nu la faiblesse de son coeur amoureux, éteignait sa bougie: «Essayons de dormir... Allons...» Bompard profitait de l'obscurité pour lui dire avant d'aller se coucher:

Moi, à ta place, je sais bien ce que je ferais...

Quoi?

Je renouvellerais le traité de Cadaillac.

Jamais!

Et violemment il s'enfonçait dans ses couvertures pour se garantir contre le tapage du dessus.

Une aprèsmidi, à l'heure de la musique, l'heure coquette et bavarde de la vie de bains, pendant que tous les baigneurs, pressés devant l'établissement comme sur le tillac d'un navire, allaient et venaient, tournaient en rond ou prenaient place sur les chaises serrées en trois rangs, le ministre, pour éviter mademoiselle Bachellery qu'il voyait arriver en éblouissante toilette bleue et rouge, escortée de son étatmajor, s'était jeté dans une allée déserte, et seul assis à l'angle d'un banc, pénétré dans ses préoccupations par la mélancolie de l'heure et de cette musique lointaine, remuait machinalement du bout de son parasol les éclaboussures de feu dont le couchant jonchait l'allée, quand une ombre lente passant sur son soleil lui fit lever les yeux. C'était Bouchereau, le médecin célèbre, très pâle, bouffi, traînant les pieds. Ils se connaissaient comme à une certaine hauteur de vie tous les Parisiens se connaissent. Par hasard, Bouchereau qui n'était pas sorti depuis plusieurs jours se sentait d'humeur sociable. Il s'assit, on causa.

Vous êtes donc malade, docteur?

Très malade, dit l'autre avec ses façons de sanglier... Un mal héréditaire... une hypertrophie du coeur. Ma mère en est morte, mes soeurs aussi... seulement, moi, je durerai moins qu'elles, à cause de mon affreux métier; j'en ai pour un an, deux ans tout au plus.

À ce grand savant, à ce diagnostiqueur infaillible parlant de sa mort avec cette assurance tranquille, il n'y avait rien à répondre que d'inutiles banalités. Roumestan le comprit, et, silencieux, il songeait que c'était là des tristesses autrement sérieuses que les siennes. Bouchereau continua, sans le regarder, avec cet oeil vague, cette suite implacable d'idées que donne au professeur l'habitude de la chaire et du cours:

«Nous autres médecins, parce que nous avons l'air comme ça, on croit que nous ne sentons rien, que nous ne soignons dans le malade que la maladie, jamais l'être humain et souffrant. Grande erreur!... J'ai vu mon maître Dupuytren, qui passait pourtant pour un dur à cuire, pleurer à chaudes larmes devant un pauvre petit diphtéritique qui disait doucement que ça l'ennuyait de mourir... Et ces appels déchirants des angoisses maternelles, ces mains passionnées qui vous pétrissent le bras: «Mon enfant! Sauvez mon enfant!» Et les pères qui se raidissent pour vous dire d'une voix bien mâle, avec de grosses larmes le long des joues: «Vous nous le tirerez de là, n'estce pas, docteur?...» On a beau s'aguerrir, ces désespoirs vous poignent le coeur; et c'est ça qui est bon, quand on a le coeur déjà atteint!... Quarante ans de pratique, à devenir chaque jour plus vibrant, plus sensible... Ce sont mes malades qui m'ont tué. Je meurs de la souffrance des autres.

Mais je croyais que vous ne consultiez plus, docteur, fit le ministre qui s'émouvait.

Oh! non, plus jamais, pour personne. Je verrais un homme tomber là devant moi, que je ne me pencherais même pas... Vous comprenez, c'est révoltant à la fin, ce mal que j'ai nourri de tous les maux. Je veux vivre, moi... Il n'y a que la vie.»

Il s'animait dans sa pâleur; et sa narine, pincée d'un signe morbide, buvait l'air léger imprégné d'arômes tièdes, de fanfares vibrantes, de cris d'oiseaux. Il reprit avec un soupir navré:

Je ne pratique plus, mais je reste toujours médecin, je conserve ce don fatal du diagnostic, cette horrible seconde vue du symptôme latent, de la souffrance qu'on veut taire, qui dans le passant à peine regardé, dans l'être qui marche, parle, agit en pleine force, me montre le moribond de demain, le cadavre inerte... Et cela aussi clairement que je vois s'avancer la syncope où je resterai, le dernier évanouissement dont rien ne me fera revenir.

C'est effrayant, murmura Numa qui se sentait pâlir, et poltron devant la maladie et la mort comme tous les méridionaux, ces enragés de vie, se détournait du savant redoutable, n'osait plus le regarder en face, de peur de lui laisser lire sur sa figure rubiconde l'avertissement d'une fin prochaine.

Ah! ce terrible diagnostic qu'ils m'envient tous, comme il m'attriste, comme il me gâte le peu de vie qui me reste... Tenez, je connais ici une pauvre femme dont le fils est mort, il y a dix, douze ans, d'une phtisie laryngée. Je l'avais vu deux fois, et seul entre tous, je signalai la gravité du mal. Aujourd'hui je retrouve cette mère avec sa jeune fille; et je peux dire que la présence de ces malheureuses me perd mon séjour aux eaux, me cause plus de mal que mon traitement ne me fera de bien. Elles me poursuivent, elles veulent me consulter, et moi, je m'y refuse absolument... Pas besoin d'ausculter cette enfant pour la condamner. Il me suffit de l'avoir vue l'autre jour se jeter voracement sur un bol de framboises, d'avoir regardé à l'inhalation sa main posée sur ses genoux, une main maigre où les ongles bombent, s'enlèvent audessus des doigts comme prêts à se détacher. Elle a la phtisie de son frère, elle mourra avant un an... Mais que d'autres le leur apprennent. J'en ai assez donné de ces coups de couteau qui se retournaient contre moi. Je ne veux plus.

Roumestan s'était levé, très effrayé:

Savezvous le nom de ces dames, docteur?

Non. Elles m'ont envoyé leur carte, je n'ai pas même voulu la voir. Je sais seulement qu'elles sont à notre hôtel.

Et tout à coup, regardant à l'extrémité de l'allée:

«Ah! mon Dieu, les voilà!... Je me sauve.»

Làbas, sur le rondpoint où la musique envoyait son accord final, c'était un mouvement d'ombrelles, de toilettes gaies s'agitant entre les branches aux premiers coups de cloche des dîners sonnant alentour. D'un groupe animé, causant, les dames Le Quesnoy se détachaient, Hortense grande et svelte dans la lumière, une toilette de mousseline et de valenciennes, un chapeau garni de roses, à la main un bouquet de ces mêmes roses acheté dans le parc.

Avec qui causiezvous donc, Numa? On dirait M. Bouchereau.

Elle était devant lui, éblouissante, dans un si bon jour d'heureuse jeunesse, que la mère ellemême commençait à perdre ses terreurs, laissant se refléter sur son vieux visage un peu de cette gaieté entraînante.

«Oui, c'était Bouchereau qui me racontait ses misères... Il est bien bas, le pauvre!...»

Et Numa, la regardant, se rassurait:

«Cet homme est fou. Ce n'est pas possible, c'est sa mort qu'il promène et diagnostique partout.»

À ce moment, Bompard apparut, marchant très vite, brandissant un journal.

Quoi donc? demanda le ministre.

Grande nouvelle! Le tambourinaire a débuté...

On entendit Hortense murmurer «Enfin!» et Numa qui rayonnait:

Succès, n'estce pas?

Tu penses!... je n'ai pas lu l'article... Mais trois colonnes en tête du Messager!...

Encore un que j'ai inventé, dit le ministre qui s'était rassis, les mains à l'entournure du gilet, voyons, lisnous ça.

Madame Le Quesnoy observant que la cloche du dîner avait sonné, Hortense répliqua vivement que ce n'était que le premier coup; et la joue sur une main, dans une jolie pose d'attente soucieuse, elle écouta.

«Estce à M. le ministre des BeauxArts, estce au directeur de l'Opéra que le public parisien doit la grotesque mystification dont il a été victime hier soir?...»

Ils tressaillirent tous, excepté Bompard qui, dans son élan de beau diseur, bercé par le ronron de sa phrase, sans compromettre ce qu'il lisait, les regardait l'un après l'autre, très surpris de leur étonnement.

Mais va donc, dit Numa, va donc!

«En tout cas, c'est M. Roumestan que nous en rendons responsable. C'est lui qui nous a apporté de sa province ce bizarre et sauvage galoubet, ce mirliton des chèvres...»

Il y a des gens bien méchants... interrompit la jeune fille qui pâlissait sous ses roses. Le liseur continua, les yeux arrondis des énormités qu'il voyait venir:

«... des chèvres, à qui notre Académie de musique a dû de ressembler pour un soir à un retour de foire de SaintCloud. Et vraiment il en fallait un fameux galoubet, pour croire que Paris...»

Le ministre lui arracha violemment le journal:

 Tu ne vas pas nous lire cette ineptie jusqu'au bout, je suppose... C'est bien assez de nous l'avoir apportée.

Il parcourut l'article, d'un de ces prompts regards d'homme public, habitué aux invectives de la presse. «...Ministre de province..., joli batteur d'entrechats... le Roumestan de Valmajour... sifflé le ministère et crevé son tambourin...» Il en eut assez, cacha la méchante feuille dans la profondeur de ses poches, puis se leva en soufflant la colère qui lui gonflait le visage, et prenant le bras de madame Le Quesnoy:

«Allons dîner, maman... Ça m'apprendra à ne plus m'emballer pour un tas de nonvaleurs.»

Ils allaient de front tous les quatre, Hortense les yeux à terre, consternée.

«Il s'agit d'un artiste de grand talent, ditelle en essayant d'affermir son timbre un peu voilé, il ne faut pas le rendre responsable de l'injustice du public, de l'ironie des journaux.»

Roumestan s'arrêta:

«Du talent... du talent... bé, oui... Je ne dis pas..., mais trop exotique...»

Et levant son ombrelle:

«Prenons garde au Midi, petite soeur, prenons garde au Midi...
N'en abusons pas... Paris se fatiguerait...»
Il se remit en route à pas comptés, paisible et froid comme un habitant de Copenhague, et le silence ne fut troublé que par ce craquement du gravier sous les pas, qui semble en certaines circonstances l'écrasement, l'émiettement d'une colère ou d'un rêve. Quand on

fut devant l'hôtel dont l'immense salle envoyait par ces dix fenêtres le tapage affamé des cuillers au fond des assiettes, Hortense s'arrêta, et, relevant la tête:

«Alors, ce pauvre garçon... vous allez l'abandonner?

Que faire?... Il n'y a pas à lutter... Puisque Paris n'en veut pas.»

Elle eut un regard d'indignation presque méprisante:

«Oh! c'est affreux, ce que vous dites... Eh bien, moi, je suis plus fière que vous, et fidèle à mes enthousiasmes.»

Elle franchit en deux sauts le perron de l'hôtel.

Hortense, le second coup est sonné.

Oui, oui, je sais... Je descends.

Elle monta dans sa chambre, s'enferma, la clef en dedans, pour ne pas être dérangée. Son pupitre ouvert, un de ces coquets bibelots à l'aide desquels la Parisienne personnifie même une chambre d'auberge, elle en tira une des photographies qu'elle s'était fait faire avec le ruban et le fichu d'Arles, écrivit une ligne au bas, et signa. Pendant qu'elle mettait l'adresse, l'heure sonna au clocher d'Arvillard dans la sombreur violette du vallon, comme pour solenniser ce qu'elle osait faire.

«Six heures.»

Une vapeur montait du torrent, en blancheurs errantes et floconnantes. L'amphithéâtre de forêts, de montagnes, l'aigrette d'argent du glacier dans le soir rose, elle notait les moindres détails de cette minute silencieuse et reposée, comme on marque sur le calendrier une date entre toutes, comme on souligne dans un livre le passage qui nous a le plus ému, et songeant tout haut:

«C'est ma vie, toute ma vie que j'engage en ce moment.»

Elle en prenait à témoin la solennité du soir, la majesté de la nature, le recueillement grandiose de tout autour d'elle.

Sa vie entière qu'elle engageait! Pauvre petite, si elle avait su combien c'était peu de chose.

À quelques jours de là, mesdames Le Quesnoy quittaient l'hôtel, le traitement d'Hortense étant fini. La mère, quoique rassurée par la bonne mine de son enfant et ce que lui disait le petit docteur du miracle opéré par la nymphe des eaux, avait hâte d'en finir avec cette existence dont les moindres détails réveillaient son ancien martyre.

«Et vous, Numa?»

Oh! lui, il comptait rester encore une semaine ou deux, continuer un bout de traitement et profiter du calme où le laisserait leur départ pour écrire ce fameux discours. Cela ferait un fier tapage dont elles auraient des nouvelles à Paris. Dame! Le Quesnoy ne serait pas content.

Et tout à coup Hortense, prête à partir, si heureuse pourtant de rentrer chez elle, de revoir les chers absents que le lointain lui rendait plus chers encore, car elle avait de l'imagination jusque dans le coeur, Hortense se sentait une tristesse de quitter ce beau pays, tout ce monde de l'hôtel, des amis de trois semaines auxquels elle ne se savait pas tellement attachée. Ah! natures aimantes, comme vous vous donnez, comme tout vous prend, et quelle douleur ensuite pour briser ces fils invisibles et sensibles. On avait été si bon pour elle, si attentionné et à la dernière heure, il se pressait autour de la voiture tant de mains tendues, de visages attendris. Des jeunes filles l'embrassaient:

«Ça ne sera plus gai sans vous.»

On promettait de s'écrire, on échangeait des souvenirs, des coffrets odorants, des coupepapier en nacre avec cette inscription: Arvillard 1876 dans un reflet bleu des lacs. Et pendant que M. Laugeron lui glissait dans son sac une fiole de chartreuse surfine, elle voyait làhaut, derrière la vitre de sa chambre, la montagnarde qui la servait tamponner ses yeux d'un gros mouchoir lie de vin, elle entendait une voix éraillée murmurer à son oreille: «Du ressort, mademoiselle...toujours du ressort...» Son ami le poitrinaire qui, grimpé sur l'essieu, tendait vers elle un regard d'adieu, deux yeux creusés, rongés, fiévreux, mais étincelants d'énergie, de volonté, et un peu d'émotion aussi. Oh! les bonnes gens, les bonnes gens...

Hortense ne parlait pas de peur de pleurer.

«Adieu, adieu tous!»

Le ministre, qui accompagnait ces dames jusqu'à la station lointaine, prenait place en face d'elles. Le fouet claque, les grelots s'ébranlent. Tout à coup Hortense crie: «Mon ombrelle!» Elle l'avait là, il n'y a qu'un instant. Vingt personnes s'élancent.

«L'ombrelle... l'ombrelle...» Dans la chambre, non, dans le salon. Les portes battent, l'hôtel est fouillé de haut en bas:

«Ne cherchez pas... Je sais où elle est.»

Toujours vive, la jeune fille saute hors de la voiture et court dans le jardin vers le berceau de noisetiers où le matin encore elle ajoutait quelques chapitres au roman en cours dans sa petite tête bouillonnante. L'ombrelle était là, jetée en travers sur le banc, quelque chose d'ellemême resté à cette place favorite et qui lui ressemblait. Quelles heures délicieuses passées dans ce coin de claire verdure, que de confidences envolées avec les abeilles et les papillons! Sans doute elle n'y reviendrait jamais et cette pensée lui serrait le coeur, la retenait. Jusqu'au grincement long de la balançoire qu'à cette heure elle trouvait charmant.

Zut! tu m'embêtes...

C'était la voix de mademoiselle Bachellery qui, furieuse de se voir délaisser pour ce départ, et se croyant seule avec sa mère, lui parlait dans son langage habituel. Hortense songeait aux câlineries filiales qui l'avaient tant de fois énervée, et riait toute seule en revenant vers la voiture, quand au détour d'une allée elle se trouva face à face avec Bouchereau. Elle s'écartait, mais il la retint par le bras.

Vous nous quittez donc, mon enfant?

Mais oui, monsieur...

Elle ne savait trop que répondre, interdite de la rencontre et de ce qu'il lui parlait pour la première fois. Alors il lui prenait les deux mains dans les siennes, la tenait ainsi devant lui, les bras écartés, la considérait profondément de ses yeux aigus sous leurs sourcils blancs en broussailles. Puis ses lèvres, son étreinte, tout trembla, un flot de sang empourprant sa pâleur:

Allons, adieu..., bon voyage!

Et sans d'autres paroles, il l'attira, la serra contre sa poitrine avec une tendresse de grandpère et se sauva, les deux mains appuyées sur son coeur qui éclatait.

LE DISCOURS DE CHAMBERY

Non, non, je me fais hironde... e... elle Et je m'envo...o...le à tire d'ai...ai...le...

De sa voix aigrelette qui, ce matin, s'était levée toute limpide et de belle humeur, la petite Bachellery, serrée dans un caban de fantaisie à capuchon de soie bleue pour aller avec une petite toque entortillée d'un grand voile de gaze, chantait devant sa glace en achevant de boutonner ses gants. Sanglée pour l'excursion, sa joyeuse petite personne avait une bonne odeur de toilette fraîche et de costume neuf, strictement ordonné, en contraste avec les gâchis de la chambre d'hôtel, où les restes d'un souper traînaient sur la table au milieu des jetons, des cartes, des bougies, tout près du lit découvert et d'une grande baignoire pleine de cet éblouissant petitlait d'Arvillard souverain pour calmer les nerfs et satiner la peau des baigneuses.

En bas, l'attendaient le panier attelé, secouant ses grelots, et toute une jeune escorte caracolant devant le perron.

Comme la toilette finissait, on frappa à la porte.

 Entrez!...

Roumestan s'avança, très ému, lui tendit une large enveloppe:

 Voici, mademoiselle... Oh! lisez... lisez...

C'était son engagement à l'Opéra pour cinq ans, avec les appointements voulus, la vedette, tout. Quand elle l'eut déchiffré article par article, froidement, posément, jusqu'à la signature à gros doigts de Cadaillac, alors, mais seulement alors, elle fit un pas vers le ministre, et, relevant son voile déjà serré pour la poussière du voyage, tout contre lui, son bec rose en l'air:

 Vous êtes bon... je vous aime...

Il n'en fallait pas plus pour faire oublier à l'homme public tous les ennuis que cet engagement allait lui causer. Il se contint pourtant, demeura droit, froid, sourcilleux comme un roc.

 Maintenant, j'ai tenu ma parole, je me retire... je ne veux pas déranger votre partie...

 Ma partie?... Ah! oui, c'est vrai... Nous allons à Château
Bayard.

Et lui passant ses deux bras au cou, câlinement:

Vous allez venir avec nous... Oh! si... oh! Si...

Elle lui frôlait la figure avec ses grands cils en pinceaux, et même lui mordillait son menton de statue, pas bien fort, du bout des quenottes.

Avec ces jeunes gens?... mais c'est impossible... Vous n'y songez pas?...

Ces jeunes gens?... Je m'en moque pas mal de ces jeunes gens... Je les lâche... Maman va les prévenir... Oh! ils y sont habitués... tu entends, maman?

J'y vas, dit madame Bachellery qu'on apercevait dans la chambre à côté, le pied sur une chaise, s'efforçant de chausser ses bas rouges de bottines de coutil trop étroites. Elle fit au ministre sa belle révérence des FoliesBordelaises et descendit bien vite expédier ces messieurs.

Garde un cheval pour Bompard... Il viendra avec nous, lui cria la petite; et Numa, touché de cette attention, savoura la joie délicieuse d'écouter, avec cette jolie fille entre ses bras, s'éloigner au pas, l'oreille basse, toute la fringante jeunesse dont les caracolades lui avaient tant de fois piétiné le coeur. Un baiser longuement appuyé sur un sourire qui promettait tout, puis elle se dégagea:

Allez vite vous habiller... Il me tarde d'être en route...

Quelle rumeur curieuse dans l'hôtel, quel mouvement derrière les persiennes quand on sut que le ministre était de la partie de ChâteauBayard, qu'on vit son large gilet blanc, le panama ombrant sa face romaine, s'étaler dans le panier en face de la chanteuse. Après tout, comme disait le père Olivieri très aguerri par ses voyages, quel mal y avaitil à cela, estce que la mère ne les accompagnait pas, et le ChâteauBayard, monument historique, rentraitil oui ou non dans les attributions ministérielles? Ne soyons donc pas si intolérants, mon Dieu, surtout avec des hommes qui donnent leur vie à la défense des bonnes doctrines et de notre sainte religion.

Bompard ne vient pas, qu'estce qu'il fait donc? murmurait Roumestan, impatienté d'attendre là, devant l'hôtel, sous tous ces regards plongeants qui le fusillaient malgré le baldaquin de la voiture. À une croisée du premier étage, quelque chose d'extraordinaire apparut, de blanc, de rond, d'exotique, qui cria avec l'accent de l'ancien chef des Tcherkesses:

Partez devant... Je rejoueïndrai.

Comme s'ils n'attendaient que ce signal, les deux mulets, le garrot bas, mais le pied solide, détalèrent en secouant leurs sonnettes voyageuses, franchirent le parc en trois sauts, traversèrent l'établissement de bains.

 Gare! gare!

Les baigneurs effarés, les chaises à porteurs se rangent vivement, les filles de service, leurs grandes poches de tablier pleines de monnaie et de tickets de couleur, apparaissent à l'entrée des galeries les masseurs, tout nus comme des Bédouins sous leurs couvertures de laine, se montrent à micorps sur l'escalier des étuves, les salles d'inhalation soulèvent leurs rideaux bleus, on veut voir passer le ministre et la chanteuse; mais ils sont déjà loin, lancés à fond de train dans le lacis descendant des petites rues noires d'Arvillard, sur les cailloux pointus, serrés, veinés de soufre et de feu, où la voiture rebondit avec des étincelles, secouant les maisons basses toutes lépreuses, faisant apparaître aux fenêtres garnies d'écriteaux, au seuil des boutiques de bâtons ferrés, de parasols, de passemontagnes, de pierres calcaires, minerais, cristaux et autres attrapebaigneurs, des têtes qui s'inclinent, des fronts qui se découvrent à la vue du ministre. Les goitreux euxmêmes le reconnaissent, saluent de leurs rires inconscients et rauques le grand maître de l'Université de France, tandis que ces dames, très fières, se tiennent droites et dignes en face de lui, sentant bien l'honneur qui leur est fait. Elles ne se mettent à l'aise qu'une fois hors du pays sur la belle route de Pontcharra, où les mulets soufflent au bas de la tour de Treuil que Bompard a fixée comme rendezvous.

Les minutes se passent, pas de Bompard. On le sait bon cavalier, il s'en est vanté si souvent. On s'étonne, on s'irrite, Numa surtout, impatient d'être loin sur cette route blanche, unie, qui paraît sans fin, d'avancer dans cette journée qui s'ouvre comme une veine, pleine d'espérances et d'aventures. Enfin, d'un tourbillon de poussière où halète une voix effrayée: «ho!... la... ho!... la...» jaillit la tête de Bompard, coiffée d'un de ces casques en liège couverts de toile blanche, à vague tournure de scaphandres, en usage dans l'armée indoanglaise, et que le Méridional a emporté dans le but d'agrandir, de dramatiser son voyage, laissant croire au chapelier qu'il partait pour Bombay ou pour Calcutta.

«Arrive donc, lambin.»

Bompard hocha la tête d'un air tragique. Évidemment il s'était passé des choses au départ, et le Tcherkesse avait dû donner aux gens de l'hôtel une triste idée de son équilibre car de larges plaques de poussière souillaient ses manches et son dos.

«Mauvais cheval, ditil en saluant ces dames, pendant que le panier s'ébranlait, mauvais cheval, mais je l'ai mis au pas.»

Si bien au pas que maintenant l'étrange bête ne voulait plus avancer, piétinant et tournant sur place comme un chat malade, malgré les efforts de son cavalier. La voiture était déjà loin.

«Vienstu, Bompard?...

 Partez devant... Je rejoindrai...» criatil encore de son plus beau creux marseillais; puis il eut un geste désespéré et on le vit détaler du côté d'Arvillard dans une volée de sabots furieux. Tout le monde pensa: «Il aura oublié quelque chose», et on ne s'occupa plus de lui.

La route contournait les hauteurs, large route de France, espacée de noyers, ayant à gauche des forêts de châtaigniers et de pins, en terrasses; à droite des pentes immenses, déroulant à perte de vue, jusqu'au fond où les villages apparaissaient resserrés dans les creux, des champs de vigne, de blé, de maïs, des mûriers, des amandiers, et d'éblouissants tapis de genêts dont la graine éclatant à la chaleur faisait un pétillement continu, comme si le sol même grésillait tout en feu. On aurait pu le croire à la lourdeur du temps, à cet embrasement de l'atmosphère qui ne paraissait pas venir du soleil, presque invisible, reculé derrière une gaze, mais de vapeurs terrestres et brûlantes faisant trouver délicieusement fraîche la vue du Glayzin et sa cime coiffée de neiges qu'on aurait pu, semblaitil, toucher du bout des ombrelles.

Roumestan ne se souvenait pas de paysage comparable à celuilà, non, pas même dans sa chère Provence: il n'imaginait pas de bonheur plus complet que le sien. Ni soucis, ni remords. Sa femme fidèle et croyante, l'espoir de l'enfant, la prédiction de Bouchereau sur Hortense, l'effet désastreux qu'allait produire l'apparition du décret Cadaillac à l'Officiel, rien n'existait plus pour lui.

Tout son destin tenait dans cette belle fille dont les yeux reflétaient ses yeux, ses genoux emboîtés dans les siens, et qui sous le voile azur, rosé par sa chair blonde, chantait en lui pressant les mains:

Maintenant je me sens aimée, Fuyons tous deux sous la ramée...

Pendant qu'ils s'emportaient dans le vent de la course, la route dévidée rapidement élargissait son paysage à mesure, laissant voir une plaine immense en demicercle, des lacs, des villages, puis des montagnes nuancées à leur degré d'éloignement, la Savoie qui commençait.

«Que c'est beau! que c'est grand!» disait la chanteuse; lui, répondait tout bas: «Que je vous aime!»

À la dernière halte, Bompard rejoignit encore une fois, à pied, très piteux, menant son cheval par la bride. «Cette bête est étonnante...» fitil sans plus, et ces dames s'informant s'il était tombé «Non... C'est mon ancienne blessure qui s'est rouverte.» Blessé où, quand? Il n'en avait jamais parlé; mais, avec Bompard, il fallait s'attendre à des surprises. On le fit monter dans la voiture, son très pacifique cheval docilement attelé derrière, et l'on se dirigea vers le ChâteauBayard, dont les deux tours poivrières, piètrement restaurées, se distinguaient sur un plateau.

Une servante vint audevant d'eux, montagnarde finaude, aux ordres d'un vieux prêtre, ancien desservant des paroisses voisines, qui habite ChâteauBayard, à la charge d'en laisser l'entrée libre aux touristes. Quand une visite est signalée, le prêtre, très digne, monte dans sa chambre, à moins qu'il ne s'agisse de personnages; mais le ministre en partie fine se gardait bien de donner ses titres, et ce fut comme à de simples visiteurs que la domestique montra, avec les phrases apprises et le ton psalmodique de ces genslà, ce qui reste de l'ancien manoir du chevalier sans peur et sans reproche, pendant que le cocher installait le déjeuner sous une tonnelle du petit jardin.

«Ici l'ancienne chapelle où le bon chevalier matin et soir... Je prie mesdames et messieurs de considérer l'épaisseur des murailles.»

On ne considérait rien du tout. Il faisait noir, on butait contre des gravats qu'éclairait à demi le jour d'une meurtrière glissant sur un grenier à foin établi dans les poutres du plafond. Numa, le bras de sa petite sous le sien, se moquait un peu du chevalier Bayard et de «sa respectable mère, la dame Hélène des Allemans». Cette odeur de vieilles choses les ennuyait et même un moment, pour tâter l'écho des voûtes de la cuisine, madame Bachellery ayant entonné la dernière chanson de son époux, mais là, tout à fait gaillarde: J'tiens ça d'papa..., j'tiens ça d'maman..., personne ne se scandalisa, au contraire.

Mais dehors, le déjeuner servi sur une massive table de pierre, et quand la première faim fut apaisée, la calme splendeur de l'horizon autour d'eux, la vallée du Graisivaudan, les Bauges, les sévères contreforts de la GrandeChartreuse, et le contraste, dans cette nature aux grandes lignes, du petit verger en terrasse où vivait ce vieux solitaire, tout à Dieu, à ses tulipiers, à ses abeilles, les pénétra peu à peu de quelque chose de grave, de doux qui ressemblait à du recueillement. Au dessert, le ministre entr'ouvrant le guide pour retremper sa mémoire, parla de Bayard, «de sa pauvre dame de mère qui tendrement plorait», le jour où l'enfant partant pour Chambéry, page chez le duc de

Savoie, faisait caracoler son petit roussin devant la porte du Nord, à cette place même où l'ombre de la grosse tour s'allongeait majestueuse et frêle, comme le fantôme du vieux castel évanoui.

Et Numa, se montant, leur lisait les belles paroles de madame Hélène à son fils, au moment du départ: «Pierre, mon amy, je vous recommande que devant toutes choses aimiez, craigniez et serviez Dieu, sans aucunement l'offenser, s'il vous est possible.» Debout sur la terrasse, avec un geste large qui allait jusqu'à Chambéry: «Voilà ce qu'il faut dire aux enfants, voilà ce que tous les parents, ce que tous les maîtres...»

Il s'arrêta, se frappa le front:

«Mon discours!... C'est mon discours... Je le tiens... Superbe! Le ChâteauBayard, une légende locale... Quinze jours que je le cherche... Et le voilà!

 C'est providentiel, cria madame Bachellery pleine d'admiration, trouvant tout de même la fin du déjeuner un peu grave... Quel homme! Quel homme!»

La petite paraissait aussi très montée; mais l'impressionnable Roumestan n'y prenait pas garde. L'orateur bouillonnait sous son front, dans sa poitrine, et tout à son idée:

«Le beau, disaitil en cherchant autour de lui, le beau serait de dater la chose de ChâteauBayard...

 Si c'est que monsieur l'avocat voudrait un petit coin pour écrire...

 Oh! seulement quelques notes à jeter... Vous permettez, mesdames... Le temps qu'on vous serve le café... Je reviens... C'est pour pouvoir mettre ma date sans mentir.»

La servante l'installa dans une petite pièce du rezdechaussée très ancienne, dont la voûte arrondie en dôme garde des fragments de dorure et qu'on prétend avoir été l'oratoire de Bayard, de même que la vaste salle voisine avec un grand lit de paysan à baldaquin et rideaux de perse est présentée comme sa chambre à coucher.

Il faisait bon écrire entre ces épaisses murailles que la lourdeur du temps ne pénétrait pas, derrière cette portefenêtre entrebâillée jetant en travers de la page la lumière, les parfums du petit verger. Au début, la plume de l'orateur n'était pas assez prompte pour l'enthousiasme de l'idée; il envoyait ses phrases, à la grosse, la tête en bas, des phrases d'avocat du Midi connues mais éloquentes, grises avec une chaleur cachée et des pétillements d'étincelles çà et là comme dans la coulée. Subitement il s'arrêta, le crâne vide de mots ou chargé de la fatigue de la route et des vapeurs du déjeuner. Alors il se promena de l'oratoire à la chambre, parlant haut, s'excitant, écoutant son pas dans la sonorité, comme celui d'un revenant illustre, et se rassit encore sans pouvoir tracer une ligne... Tout tournait autour de lui, les murs blanchis à la chaux, ce rayon de lumière hypnotisante. Il entendit un bruit d'assiettes et de rires dans le jardin, loin, très loin, et finit par s'endormir profondément, le nez sur son ébauche.

... Un violent coup de tonnerre le mit debout. Depuis combien de temps étaitil là? Un peu confus, il sortit dans le jardin désert, immobile. L'odeur des tulipiers s'écrasait dans l'air. Sous la tonnelle vide, des guêpes volaient lourdement autour de la poissure des verres de champagne et du sucre resté dans les tasses que la montagnarde desservait sans bruit, prise d'une peur nerveuse de bête à l'approche de l'orage, et se signant à chaque éclair. Elle apprit à Numa que la demoiselle se trouvant avec un grand mal de tête après déjeuner, elle l'avait menée dormir un peu dans la chambre de Bayard, en fermant «ben doucement» la porte pour ne pas déranger le monsieur qui travaillait. Les deux autres, la grosse dame et le chapeau blanc, étaient descendus dans la vallée, et pour sûr ils auraient de l'eau, car il allait en faire un... «Voyez!...»

Dans la direction qu'elle indiquait, sur la crête déchiquetée des Bauges, les cimes calcaires de la GrandeChartreuse enveloppée d'éclairs comme un mystérieux Sinaï, le ciel s'obscurcissait d'une énorme tache d'encre qui grandissait à vue d'oeil et sous laquelle toute la vallée, le remous des arbres verts, l'or des blés, les routes indiquées par de légères traînes de poussière blanche soulevée, la nappe argentée de l'Isère, prenaient une extraordinaire valeur lumineuse, un jour de réflecteur oblique et blanc, à mesure que se projetait la sombre et grondante menace. Au lointain, Roumestan aperçut le casque en toile de Bompard, étincelant comme une lentille de phare.

Il rentra, mais ne put se remettre au travail. Pour le coup, le sommeil ne paralysait pas sa plume; il se sentait, au contraire, étrangement excité par la présence d'Alice Bachellery dans la chambre voisine. Au fait, y étaitelle encore? Il entr'ouvrit la porte et n'osa plus la refermer, de peur de déranger le joli sommeil de la chanteuse jetée, toute défaite, sur le lit, dans un fouillis troublant de cheveux froissés, d'étoffes ouvertes, de blanches formes entrevues.

 Allons, voyons, Numa... La chambre de Bayard, qué diable!

Il se prit positivement par le collet, comme un malfaiteur, se ramena, s'assit de force à sa table, la tête entre ses mains, bouchant ses yeux et ses oreilles, pour mieux s'absorber dans la dernière phrase qu'il répétait tout bas:

«Et, messieurs, ces recommandations suprêmes de la mère de Bayard, venues jusqu'à nous dans la tant douce langue du moyen âge, nous voudrions que l'Université de France...»

L'orage l'énervait, si lourd, engourdissant comme l'ombre de certains arbres des tropiques. Sa tête flottait, grisée d'une odeur exquise exhalée par les fleurs amères des tulipiers ou cette brassée de cheveux blonds éparse sur le lit à côté. Malheureux ministre! Il avait beau s'accrocher à son discours, invoquer le chevalier sans peur et sans reproche, l'instruction publique, les cultes, le recteur de Chambéry, rien n'y fit. Il dut rentrer dans la chambre de Bayard, et, cette fois, si près de la dormeuse, qu'il entendait son souffle léger, frôlait de sa main l'étoffe à ramages des rideaux tombés encadrant ce sommeil provocateur, cette chair nacrée aux ombres et aux dessous roses d'une sanguine polissonne de Fragonard.

Même là, au bord de sa tentation, le ministre luttait encore, et le murmure machinal de ses lèvres marmottait les recommandations suprêmes que l'Université de France... quand un roulement brusque qui rapprochait ses saccades réveilla la chanteuse en sursaut.

 Oh! que j'ai en peur... tiens! c'est vous?

Elle le reconnaissait en souriant, de ses yeux clairs d'enfant qui s'éveille, sans aucune gêne de son désordre; et ils restaient saisis, immobiles, croisant la flamme silencieuse de leur désir. Mais la chambre se trouva subitement plongée dans une nuit noire par le retour des hautes persiennes que le vent fermait l'une après l'autre. On entendit battre des portes, une clef tomber, des tourbillons de feuilles et de fleurs rouler sur le sable jusqu'au seuil où soufflait la bourrasque plaintivement.

 Quel orage! lui ditelle tout bas en prenant sa main brûlante et l'attirant presque sous les rideaux...

«Et, messieurs, ces recommandations suprêmes de la mère de Bayard, venues à nous dans la tant douce langue du moyen âge...»

C'était à Chambéry, en vue du vieux château des ducs de Savoie et de ce merveilleux amphithéâtre de vertes collines et de montagnes neigeuses auquel Chateaubriand songeait devant le Taygète, que le grand maître de l'Université parlait cette fois, entouré d'habits brodés, de palmes, d'hermines, d'épaulettes à gros grains, dominant une foule immense soulevée par la puissance de sa verve, le geste de sa main robuste tenant encore la petite truelle à manche d'ivoire qui venait de cimenter la première pierre du lycée...

«Nous voudrions que l'Université de France les adressât à chacun de ses enfants: Pierre, mon amy, je vous recommande devant toutes choses...»

Et tandis qu'il citait ces touchantes paroles, une émotion faisait trembler sa main, sa voix, ses larges joues, au souvenir de la grande chambre odorante où, dans l'agitation d'un orage mémorable, avait été composé le discours de Chambéry.

LES VICTIMES

Un matin. Dix heures. L'antichambre du ministre de l'instruction publique, long couloir, mal éclairé, à tentures sombres et lambris de chêne, s'encombre d'une foule de solliciteurs, assis ou piétinants, plus nombreux de minute en minute, chaque nouveau venu donnant sa carte au solennel huissier à chaîne qui la prend, l'inspecte, et religieusement la pose, sans un mot, à côté de lui, sur le buvard de la petite table où il écrit dans le jour blême de la croisée toute ruisselante d'une fine pluie d'octobre.

Un des derniers arrivants a pourtant l'honneur d'émouvoir cette auguste impassibilité. C'est un gros homme hâlé, brûlé, goudronné, avec deux petites ancres d'argent en boucles d'oreilles, et une voix de phoque enroué comme il en râle, dans la claire vapeur matinale des ports provençaux.

Ditesy que c'est Cabantous le pilote... Il sait ce que c'est... Il m'attend.

Vous n'êtes pas le seul, répond l'huissier, qui sourit discrètement de sa plaisanterie.

Cabantous n'en sent pas la finesse; mais il rit de confiance, la bouche fendue jusqu'aux ancres, et tanguant des épaules, à travers la foule qui s'écarte de son parapluie trempé, il va prendre place sur une banquette à côté d'un autre patient presque aussi tanné que lui.

Té! vé... C'est Cabantous... Hé! adieu...

Le pilote s'excuse, il ne remet pas la personne.

Valmajour, savez bien..., on s'est connu làbas, aux arènes.

C'est tron de Dieu! vrai... Bé, mon homme, tu peux dire que
Paris t'a changé...
Le tambourinaire est maintenant un monsieur aux cheveux noirs très longs, rejetés derrière l'oreille, à l'artiste, ce qui avec son teint bistré, sa moustache bleuâtre qu'il effile continuellement, le fait ressembler à un Tzigane de la Foire aux pains d'épice. Là dessus, une crête toujours levée de coq de village, une vanité de beau garçon et de musicien où se trahit et déborde l'exagération de son midi d'apparence tranquille et peu bavarde. L'insuccès de l'Opéra ne l'a pas refroidi. Comme tous les acteurs en pareil cas, il l'attribue à la cabale; et pour sa soeur et lui, ce mot prend des proportions barbares, extraordinaires, une orthographe de sanscrit, la kkabbale, un animal mystérieux qui tient du serpent à sonnettes et du cheval de l'Apocalypse. Et il raconte à Cabantous qu'il

débute dans quelques jours à un grand caféconcert du Boulevard, «un eskating, allons!» où il doit figurer dans des tableaux vivants, à deux cents francs par soir.

Deux cents francs par soir.

Le pilote roule des yeux...

Et en plus, ma biographille qu'on criera dans les rues et mon portrait de sa grandeur nature sur tous les murs de Paris, avé le costume de troubadour de l'ancien temps que je mettrai le soir pour faire ma musique.

C'est cela surtout qui le flatte, le costume. Quel dommage qu'il n'ait pas pu mettre sa casquette à créneaux et ses souliers à la poulaine, pour venir montrer au ministre l'engagement superbe, sur du bon papier cette fois, que l'on a signé sans lui. Cabantous regarde la feuille timbrée, noircie sur ses deux faces, et soupire:

Tu es bien heureux... Moi, voilà plus d'un an que j'espère après ma médaille... Numa m'avait dit d'y envoyer mes papiers, j'y ai envoyé mes papiers... Puis j'ai plus entendu parler de la médaille, ni des papiers, ni de rien du tout... J'ai écrit à la marine, ils mé connaissent pas, à la marine... J'ai écrit au ministre, le ministre m'a pas répondu... Et le plus foutant, c'est qu'à présent, sans mes papiers, quand j'ai une discussion avec les capitaines marins pour le pilotage, les prud'hommes ils veulent pas écouter mes raisons. Alors, voyant ça, j'ai mis la barque à la calanque, et je me suis pensé: allons voir Numa.

Il en pleurerait presque, le malheureux pilote.

Valmajour le console, le rassure, promet de parler au ministre pour lui, ceci d'un ton assuré, le doigt à la moustache, comme un homme à qui l'on n'a rien à refuser. Du reste, cette attitude hautaine ne lui est pas particulière. Tous ces gens qui attendent une audience, vieux prêtres aux façons béates, en mantelet de visite, professeurs méthodiques et autoritaires, peintres gommeux, coiffés à la russe, épais sculpteurs aux doigts en spatule, ont ce même maintien triomphant. Amis particuliers du ministre, sûrs de leur affaire, tous en arrivant ont dit à l'huissier:

Il m'attend.

Tous ont la conviction que si Roumestan les savait là! C'est ce qui donne à cette antichambre de l'instruction publique une physionomie très spéciale, sans rien de ces pâleurs de fièvres, de ces tremblantes anxiétés qu'on trouve dans les salles d'attente ministérielles.

Avec qui estil donc? demande tout haut Valmajour s'approchant de la petite table.

Le directeur de l'Opéra.

Cadaillac... va bien, je sais... C'est pour mon affaire...

Après l'insuccès du tambourinaire à son théâtre, Cadaillac s'est refusé à le faire entendre de nouveau. Valmajour voulait plaider; mais le ministre, qui craint les avocats et les petits journaux, a fait prier le musicien de retirer son assignation, lui garantissant une forte indemnité. C'est cette indemnité qu'on discute sans doute en ce moment, et non sans quelque animation, car le coup de clairon de Numa franchit à tout instant la double porte du cabinet qui s'ouvre enfin brutalement.

Ce n'est pas ma protégée, c'est la vôtre.

Le gros Cadaillac sort sur ce mot, traverse l'antichambre à pas furieux, se croisant avec l'huissier qui s'avance entre deux haies de recommandations:

Vous n'avez qu'à donner mon nom.

Qu'il sache seulement que je suis là.

Ditesy que c'est Cabantous.

L'autre n'écoute personne, marche, très grave, quelques cartes de visite à la main, et, derrière lui, la porte qu'il laisse entr'ouverte montre le cabinet ministériel, plein du jour de ses trois fenêtres sur le jardin, tout un panneau couvert par le manteau doublé d'hermine de M. de Fontanes peint en pied.

Avec un peu d'étonnement sur sa figure cadavérique, l'huissier revient et appelle:

Monsieur Valmajour.

Le musicien n'est pas étonné, lui, de passer ainsi avant tous les autres.

Depuis le matin il a son portrait affiché sur les murs de Paris. C'est un personnage à présent, et le ministre ne le ferait plus languir dans les courants d'air d'une gare. Fat, souriant, le voilà planté au milieu du somptueux cabinet où des secrétaires sont en train de mettre à bas cartons et tiroirs dans une recherche effarée. Roumestan, furieux, tonne, gronde, les mains dans ses poches:

«Mais enfin, ces papiers, qué diable!... On les a donc perdus, les papiers de ce pilote... Vraiment, messieurs, il y a ici un désordre...»

Il aperçoit Valmajour. «Ah! c'est vous...» et il saute dessus d'un bond, pendant que par les portes latérales des dos de secrétaires se sauvent épouvantés, emportant des piles de cartons.

«Ah çà, estce que vous n'allez pas finir de me persécuter avec votre musique de chien?... Vous n'avez pas assez d'un four? Combien vous en fautil?... Maintenant vous voilà, me diton, sur les murs en costume miparti... Et qu'estce que c'est que cette blague qu'on vient de m'apporter?... Ça votre biographie!... Un tissu d'inepties et de mensonges... Vous savez bien que vous n'êtes pas plus prince que moi, que ces parchemins dont on parle n'ont jamais existé que dans votre imagination.»

D'un geste discuteur et brutal il tenait le malheureux par le milieu de sa jaquette, à poignée pleine, et le secouait tout en parlant. D'abord ce skating n'avait pas le sou. Des puffistes. On ne le paierait pas, il en serait pour la honte de ce sale coloriage sur son nom, celui de son protecteur. Les journaux allaient recommencer leurs plaisanteries, Roumestan et Valmajour, le galoubet du ministère... Et se montant au souvenir de ces injures, ses larges joues remuées d'une colère de famille, un accès de la tante Portal, plus effrayant dans le milieu solennel et administratif où les personnalités doivent disparaître devant les situations, il lui criait de toutes ses forces:

«Mais allezvousen donc, misérable, allezvousen!... On ne veut plus de vous, on en a assez de votre galoubet.»

Valmajour, hébété, se laissait faire, bégayant «Va bien... va bien...» implorant la figure apitoyée de Méjean, le seul que la colère du maître n'eût pas mis en fuite, et le grand portrait de Fontanes qui semblait scandalisé de violences pareilles, accentuant son air ministre à mesure que Roumestan le perdait davantage. Enfin, lâché par le poignet robuste qui l'étreignait, le musicien put gagner la porte, s'enfuir éperdu, lui et ses billets de skating.

«Cabantous pilote!... dit Numa lisant le nom que lui présentait l'huissier impassible... Encore un Valmajour!... Ah! mais non... J'en ai assez d'être leur dupe... Fini pour aujourd'hui... Je n'y suis plus...»

Il continuait à arpenter son cabinet, dissipant ce qui lui restait de cette grande colère dont Valmajour avait injustement porté tout le choc. Ce Cadaillac, quelle impudence! Venir lui reprocher la petite, chez lui, en plein ministère, devant Méjean, devant Rochemaure!

«Ah! décidément je suis trop faible... La nomination de cet homme à l'Opéra est une lourde faute.»

Son chef de cabinet partageait cet avis, mais il se serait bien gardé de le dire; car Numa n'était plus le bon enfant d'autrefois, qui riait le premier de ses emballements, acceptait les railleries et les remontrances. Devenu le chef effectif du cabinet, grâce au discours de Chambéry et à quelques autres prouesses oratoires, l'ivresse des hauteurs, cette atmosphère de roi où les plus fortes têtes chavirent, l'avait changé, rendu nerveux, volontaire, irritable.

Une porte sous tenture s'ouvrit, madame Roumestan parut, prête à sortir, élégamment coiffée, un ample manteau dissimulant sa taille. Et de cet air de sérénité qui, depuis cinq mois, éclairait son joli, visage: «Estce que tu as conseil aujourd'hui?... Bonjour, monsieur Méjean.

Mais oui... Conseil... séance... Tout!

Moi qui voulais te demander de venir jusque chez maman... J'y déjeune... Hortense aurait été si contente.

Tu vois, ce n'est pas possible.»

Il regarda sa montre:

Je dois être à Versailles à midi.

Alors je t'attends, je te conduirai à la gare.

Il hésita une seconde, rien qu'une seconde.

Bien... Je signe ceci, et nous partons.

Pendant qu'il écrivait, Rosalie donnait tout bas à Méjean des nouvelles de sa soeur. Le retour de l'hiver l'impressionnait, on lui défendait de sortir. Pourquoi n'allaitil pas la voir? Elle avait besoin de tous ses amis. Méjean eut un geste de tristesse découragée: «Oh! moi...

Mais si... mais si... Tout n'est pas dit pour vous. Ce n'est qu'un caprice; je suis sûre qu'il ne tiendra pas.»

Elle voyait les choses en beau et voulait tout son monde heureux comme elle. Oh! si heureuse et d'un bonheur si complet qu'elle mettait une discrète superstition à n'en jamais convenir. Roumestan, lui, contait partout son aventure, aux indifférents comme aux intimes, avec une fierté comique: «Nous l'appellerons l'enfant du ministère!» et il riait aux larmes de son mot.

Vraiment, pour qui connaissait son existence au dehors, le ménage en ville impudemment installé avec réceptions et table ouverte, ce mari si empressé, si tendre, qui parlait les larmes aux yeux de sa paternité future, paraissait indéfinissable, paisible dans son mensonge, sincère dans ses effusions, déroutant les jugements de qui ne savait pas les dangereuses complications des natures méridionales.

Je te conduis, décidément... ditil à sa femme, en montant en voiture.

Mais si l'on t'attend...?

Ah! tant pis... on m'attendra... Nous serons plus longtemps ensemble.

Il prit le bras de Rosalie sous le sien, et se serrant contre elle comme un enfant:

Té, voistu, il n'y a que là que je suis bien... Ta douceur m'apaise, ton sangfroid me réconforte... Ce Cadaillac m'a mis dans un état... Un homme sans conscience, sans moralité...

Tu ne le connaissais donc pas?

Il mène ce théâtre, c'est une honte!...

C'est vrai que l'engagement de cette demoiselle Bachellery... Pourquoi l'astu laissé faire? Une fille qui a tout faux, sa jeunesse, sa voix, jusqu'à ses cils.

Numa se sentait rougir. C'était lui maintenant qui les attachait, du bout de ses gros doigts, les cils de la petite. La maman lui avait appris.

À qui appartientelle donc cette rien du tout?... Le Messager parlait l'autre jour de hautes influences, de protection mystérieuse...

Je ne sais pas... À Cadaillac sans doute.

Il se détournait pour cacher son embarras, et se rejeta tout à coup en arrière, épouvanté.

Quoi donc? demanda Rosalie, regardant aussi par la portière.

L'affiche du skating, immense, de tons criards, qui ressortaient sous le ciel pluvieux et grisâtre, répétait à chaque angle de rue, à chaque place libre sur un mur nu ou des planches de clôture, un troubadour gigantesque, entouré de tableaux vivants en bordure, en tache jaune, verte, bleue, avec l'ocre d'un tambourin jeté en travers. La longue palissade, qui ferme les constructions de l'Hôtel de Ville devant lesquelles leur voiture passait à l'instant, était couverte de cette réclame grossière, éclatante, qui stupéfiait même la badauderie parisienne.

Mon bourreau! fit Roumestan avec une désolation comique.

Et Rosalie doucement grondeuse:

Non... ta victime... Et si c'était la seule! Mais une autre a pris feu à ton enthousiasme...

Qui donc ça?

Hortense.

Elle lui raconta alors ce dont elle était enfin certaine, malgré les mystères de la jeune fille, son amour pour ce paysan, ce qu'elle avait cru d'abord une fantaisie et qui l'inquiétait maintenant comme une aberration morale de sa soeur.

Le ministre s'indignait.

Estce que c'est possible?... Ce rustre, ce Jeannot!...

Elle le voit avec son imagination, et surtout à travers tes légendes, tes inventions qu'elle n'a pas su mettre au point. Voilà pourquoi cette réclame, ce grotesque coloriage qui t'irrite me remplit de joie au contraire. Je pense que son héros va lui paraître si ridicule qu'elle n'osera plus l'aimer. Sans cela, je ne sais de que nous deviendrions. Voistu le désespoir de mon père... te voistu, toi, beaufrère de Valmajour... Ah! Numa, Numa... pauvre faiseur de dupes involontaire...

Il ne se défendait pas, s'irritant contre luimême, contre son «sacré midi» qu'il ne savait pas dompter.

Tiens, tu devrais rester toujours comme te voilà, tout contre moi, mon cher conseil, ma sainte protection. Il n'y a que toi de bonne, d'indulgente, et qui me comprenne et qui m'aime.

Il tenait sa petite main gantée sous ses lèvres, et parlait avec tant de conviction que des larmes, de vraies larmes lui rougissaient les paupières. Puis, réchauffé, détendu par cette effusion, il se sentit mieux et lorsque, arrivés place Royale il eut aidé sa femme à descendre avec mille précautions tendres, ce fut d'un ton joyeux, libre de tout remords, qu'il jeta à son cocher: «rue de Londres... vite!»

Rosalie, lente dans sa démarche, entendit vaguement cette adresse et cela lui fit de la peine. Non qu'elle eût le moindre soupçon mais il venait de lui dire qu'il allait gare SaintLazare. Pourquoi ses actes ne répondaientils jamais à ses paroles?...

Une autre inquiétude l'attendait dans la chambre de sa soeur, où elle sentit en entrant l'arrêt d'une discussion entre Hortense et Audiberte, qui gardait sa figure de tempête, le ruban frémissant sur ses cheveux de furie. La présence de Rosalie la retenait, c'était visible aux lèvres, aux sourcils serrés méchamment; pourtant la jeune femme, s'informant de ses nouvelles, elle fut bien forcée de lui répondre, et parla alors fiévreusement de l'eskating, des belles conditions qu'on leur faisait, puis, s'étonnant de son calme, demanda presque insolente:

 Estce que Madame ne viendra pas entendre mon frère?... C'est quelque chose qui en vaut la peine, au moins, rien que pour le voir dans ses habillements!

Décrit par elle, en son dictionnaire paysan, des crevés de la toque à la pointe courbe des souliers, ce costume ridicule mit au supplice la pauvre Hortense qui n'osait plus lever les yeux sur sa soeur. Rosalie s'excusa; l'état de sa santé ne lui permettait pas le théâtre. En outre, il y avait à Paris certains endroits de plaisir où toutes les femmes ne pouvaient aller. La paysanne l'arrêta aux premiers mots.

«Pardon... Moi, j'y vais bien et je pense que j'en vaux une autre... je n'ai jamais fait le mal, moi; j'ai toujours rempli mes devoirs de réligion.»

Elle élevait la voix, sans rien de sa timidité ancienne, comme si elle eût acquis des droits dans la maison. Mais Rosalie était bien trop bonne, trop audessus de cette pauvre ignorante, pour l'humilier surtout en songeant aux responsabilités de Numa. Alors, avec tout l'esprit de son coeur, toute sa délicatesse, de ces mots de vérité qui guérissent en brûlant un peu, elle essaya de lui faire comprendre que son frère n'avait pas réussi, qu'il ne réussirait jamais dans ce Paris implacable, et que plutôt que de s'acharner à une lutte humiliante, descendue dans les basfonds artistiques, ils feraient bien mieux de retourner au pays, de racheter leur maison, toutes choses dont on leur fournirait les moyens, et d'oublier dans leur vie laborieuse, en pleine nature, les déboires de cette malheureuse expédition.

La paysanne la laissa aller jusqu'au bout, sans une fois l'interrompre, dardant seulement sur Hortense l'ironie de ses yeux mauvais comme pour l'exciter à la réplique. Enfin, voyant que la jeune fille ne voulait rien dire encore, elle déclara froidement qu'ils ne s'en iraient pas, que son frère avait à Paris des engagements de toute sorte... de toute sorte... auxquels il lui était impossible de manquer. Làdessus elle jeta sur son bras la lourde mante humide, restée au dos d'une chaise, fit une révérence hypocrite à Rosalie: «Bien le bonjour, madame... Et merci, au moins.» Et s'éloigna suivie d'Hortense.

Dans l'antichambre, baissant la voix à cause du service:

 Dimanche soir, qué?... Dix heures et demie, sans faute.

Et, pressante, autoritaire:

 Vous lui devez bien ça, voyons, à ce pauvre ami... Pour lui donner du coeur... D'abord qu'estce que vous risquez? C'est moi que je viens vous prendre... C'est moi que je vous ramène.

La voyant hésiter encore, elle ajouta, presque haut, sur un diapason de menace:

 Ah çà, estce que vous êtes sa promise, oui ou non?

 Je viendrai... Je viendrai... dit la jeune fille épouvantée.

Quand elle rentra, Rosalie, qui la voyait distraite et triste, lui demanda:

 À quoi songestu, ma chérie?... C'est toujours ton roman qui continue?... Il doit être bien avancé depuis le temps! ajoutat elle gaiement en lui prenant la taille.

 Oh! oui, très avancé...

Avec une sourde intonation de mélancolie, Hortense reprit, après un silence:

 Mais c'est ma fin que je ne vois pas.

Elle ne l'aimait plus; peutêtre même ne l'avaitelle jamais aimé. Transformé par l'absence et ce «doux éclat» que le malheur donnait à l'Abencerage, il lui était apparu de loin comme l'homme de sa destinée. Elle avait trouvé fier d'engager son existence à celui que tout abandonnait, le succès et les protections. Mais au retour, quelle clarté impitoyable, quelle terreur de voir combien elle s'était trompée.

La première visite d'Audiberte la choqua d'abord par des façons nouvelles, trop libres, trop familières, et les regards complices avec lesquels elle l'avertissait tout bas: «Il va venir me prendre... Chut!... dites rien!» Cela lui parut bien prompt, bien hardi, surtout la pensée d'introduire ce jeune homme chez ses parents. Mais la paysanne voulait précipiter les choses. Et tout de suite Hortense comprit son erreur, à l'aspect de ce cabotin rejetant ses cheveux en arrière, d'un mouvement inspiré, cassant et déplaçant le sombrero provençal sur sa tête à caractère, toujours beau, mais avec une préoccupation visible de le paraître.

Au lieu de s'humilier un peu, de se faire pardonner l'élan généreux qu'on avait eu vers lui, il gardait l'air vainqueur et fat de la conquête, et, sans parler, car il n'aurait trop su quoi dire , il traita la fine Parisienne comme il eût traité celle des Combettes en pareil cas, la prit par la taille d'un geste de soldat troubadour et voulut l'attirer à lui. Elle se dégagea avec une détente répulsive de tous ses nerfs, le laissant effaré et niais, pendant qu'Audiberte intervenait vite et grondait son frère très fort. Qu'estce que c'était que ces manières? C'est à Paris qu'il les avait apprises, au faubourg de SaintGermeïn sans doute, auprès de ses duchesses?

 Attends au moins qu'elle soit ta femme, allons!

Et à Hortense:

 Il vous aime tant... Il se calcine le sang, pécaïré!

Dès lors, quand Valmajour vint chercher sa soeur, il crut devoir prendre l'allure sombre et fatale d'une vignette de scène musicale, la mer m'attend, le cavalier Hadjoute. La jeune fille aurait pu en être touchée; mais le pauvre garçon paraissait décidément trop nul. Il ne savait que lisser le poil de son feutre en racontant ses succès au noble faubourg ou des rivalités d'acteur. Il lui parla un jour, pendant une heure, de la grossièreté du beau Mayol qui s'était abstenu de le féliciter après un concert, et il répétait tout le temps:

 C'est ça, votre Mayol!... Bé! il n'est pas poli, votre Mayol.

Et toujours les attitudes surveillantes d'Audiberte, sa sévérité de gendarme de la morale, en face de ces deux amoureux à froid. Ah! si elle avait pu deviner, dans l'âme d'Hortense, la terreur, le dégoût de son effroyable méprise!

 Hou! la caponne... la caponne... lui disaitelle quelquefois en essayant de rire avec de la colère plein les yeux, car elle trouvait que l'affaire traînait trop et croyait que la jeune fille hésitait à affronter les reproches, les répugnances de ses parents. Comme si cela eût compté pour cette libre et fière nature avec un amour vrai au coeur mais comment dire: «Je l'aime...» et s'armer, se monter, combattre quand on n'aime pas?

Pourtant elle avait promis, et chaque jour on la harcelait de nouvelles exigences; ainsi cette «première» du Skating où la paysanne voulait l'emmener à toute force, comptant sur le succès, l'entraînement des bravos pour tout enlever. Et, après une longue résistance, la pauvre petite avait fini par consentir à cette sortie du soir en cachette de sa mère avec des mensonges, des complicités humiliantes; elle avait cédé par peur, par faiblesse, peutêtre aussi dans l'espoir de ressaisir làbas sa vision première, le mirage évanoui, de rallumer la flamme si désespérément éteinte.